WALTER GHELFI

COMO NAS MANHÃS DE SOL

EDITORA
Labrador

Copyright © 2017 de Walter Ghelfi
Todos os direitos desta edição reservados à Editora Labrador.

Coordenação editorial
Diana Szylit

Projeto gráfico e diagramação
Caio Cardoso

Capa
Caio Cardoso
Anna Petrosino

Foto de capa
PxHere, com Canon PowerShot S3 IS

Revisão
Bia Mendes
Andréia Andrade

Dados Internacionais de Catalogação na Publicação (CIP)
Andreia de Almeida CRB-8/7889

Ghelfi, Walter
   Como nas manhãs de sol / Walter Ghelfi. — São Paulo : Labrador, 2017.
   200 p.

   ISBN 978-85-93058-55-4

   1. Literatura brasileira I. Título.

17-1592   CDD B869

Índices para catálogo sistemático:
1. Literatura brasileira

Editora Labrador

Diretor editorial: Daniel Pinsky

Rua Dr. José Elias, 520 – Alto da Lapa
05083-030 – São Paulo – SP
Telefone: +55 (11) 3641-7446
Site: http://www.editoralabrador.com.br
E-mail: contato@editoralabrador.com.br

A reprodução de qualquer parte desta obra é ilegal e configura uma apropriação indevida dos direitos intelectuais e patrimoniais do autor.

*Para meu pai,
que escolheu ser feliz.*

REFLEXÕES

O vento leste soprava com força naquela manhã de sol de outono em 1980, fazendo curvar os coqueiros que ornam Taperapuã. Na areia branca, sombras marcantes reproduziam a dança das copas carregadas de frutos, como se obedecesse ao andamento de uma pavana barroca. Ao fundo, o mar de águas verdes e mansas tocava as linhas da praia com sensualidade.

Não muito distante dali índios da aldeia pataxó armavam suas tendas cheias de bugigangas para receber os turistas, que logo ocupariam cada canto daquela baía.

Naquela manhã, Lineu deixou a pousada em direção à praia. Tainá ficara na casa a preparar o café dos hóspedes e a dar ordens aos ajudantes, que se preparavam para mais um dia de trabalho. Ele precisava ficar só. Sua alma pedia um momento de reflexão, afinal a vida dera tantas voltas e enveredara por tantos caminhos tortuosos, que era necessária a conciliação dos eventos de sua existência pregressa com o seu espírito atual: uma espécie de acerto de contas para nortear o que viria dali em diante.

E haveria de ser urgente. Os pensamentos estavam desarrumados, fora da ordem que assegurava o seu equilíbrio emocional e a capacidade de focalizar as metas de sua vida. Não sabia viver de outra maneira. Admirava, até, as pessoas que, em meio ao caos, tocavam sua existência ao sabor dos acontecimentos. Mas ele era incapaz de conduzir-se sem rumo definido.

Tendo a solidão de uma praia bela, ainda deserta naquela manhã, como indutora à reflexão, seus pensamentos voaram e resgataram na memória os fatos que compunham a trajetória de sua vida até aquele momento. Nesse desenrolar de imagens e recordações, é certo que havia arrependimentos em relação às decisões e escolhas que fizera. Havia igualmente mágoas e rancores em relação às pessoas amigas com as quais ele convivera, e tristezas por amores perdidos e incompreendidos. Mas o que verdadeiramente incomodava era o profundo sentimento de culpa em relação à família por um episódio dramático que quase custara a vida de seu pai.

Essa dívida com os seus não o impedia, naquele momento, de sentir uma falsa sensação de leveza; mas sabia que esse estado de espírito era a expressão do vazio que capturara sua alma.

Na adolescência sonhara com um futuro grandioso. Escolhera o caminho da luta pela justiça social. Tivera consciência dos riscos a que estaria submetido ao abraçar essa causa. Estivera mesmo disposto a dar a vida por conquistas que mitigassem o sofrimento do povo, se isso fosse necessário. Acreditara ter capacidade de ver o mundo e enxergar mais longe. Ele se indignava com as iniquidades sociais, as causas que lhes davam origem e os mecanismos que as sustentavam, e presumira ter os instrumentos e a coragem de lutar contra elas.

Lineu, agora, compreendia que essa visão fantasiosa poderia ser atribuída a devaneios juvenis, e admitia que a luta armada tinha sido um equívoco. Mas os excessos não diminuíam o valor da causa. Continuava crendo, vinte anos depois, que estava em jogo o futuro de um povo. Sendo isso verdade, o que dera errado para todos aqueles que sonharam na juventude com uma sociedade igualitária? — era a pergunta que sempre se fazia.

Tainá, a mulher, não podia dividir com ele essa questão. Ela mal completara os primeiros anos de estudo. Seu universo intelectual restringia-se à roça onde nascera e aos limites do vilarejo em que seus pais, mais tarde, abriram uma pensão para sobreviver às pragas das lavouras cacaueiras.

Foi assim que Lineu a conheceu. Hospedou-se por lá, depois de chegar do exílio, e deixou-se ficar enquanto procurava um meio para o seu sustento. Dez anos de exílio na distante e fria Estocolmo deixaram-no carente de sol e de calor humano. A temporada naquela terra ensolarada fez bem para o corpo e principalmente para o espírito. Tainá desincumbiu-se com apreço da tarefa de apagar as lembranças geladas dos tempos de Lineu em terras escandinavas. Se, no quesito ideológico, a moça não dispunha do ferramental necessário para alimentar o debate político, esbanjava competência em várias outras áreas. Suas habilidades tinham características práticas e iam da culinária a outras prendas, além de ser atraente e carinhosa. Morena de olhos castanhos, cabelos pretos naturalmente ondulados, não tinha mais que 25 anos quando a conhecera.

Encantar-se por essa mulher não foi uma escolha da razão. Apesar de sua saga pessoal estar repleta de experiências atormentadoras, a alma ainda era capaz de ceder à emoção. Assim, quando se dera conta do seu envolvimento com a vida daquela gente, já estava nos braços de Tainá.

Não é certo dizer que esse envolvimento amoroso tenha comprometido suas ideias políticas. No entanto, o rigor ideológico com que Lineu fundamentava suas crenças fora ainda mais atenuado pelo olhar doce e sorridente daquela morena.

Quando planejou seu retorno ao país não quis ir direto à cidade em que nascera e onde residia a família. Sabia que as chagas abertas na relação com eles ainda requeriam cuidados. Impôs-se também o desafio de se apresentar somente quando tivesse reordenado a vida. Por isso, queria tempo para se adaptar à nova realidade. Acreditava que assim a reaproximação seria menos traumática.

Porto Seguro parecia atender aos seus propósitos, para isso precisava novamente de Cadu, o amigo de infância que lhe fazia chegar dinheiro quando necessário, como fizera durante todo o período de exílio. Ainda que não fossem regulares, esses recursos chegavam a tempo de superar situações de aperto financeiro. Em Estocolmo,

Lineu trabalhava em uma organização de apoio a perseguidos políticos, e sua renda nem sempre era suficiente para as despesas básicas.

Assim, o amigo foi novamente solicitado a prestar ajuda, com a promessa de que dessa vez seria apenas um empréstimo. O auxílio veio, e Lineu comprou a modesta pensão dos pais de Tainá. Imaginava que em pouco tempo estaria pronto para reencontrar os familiares e transpor o abismo de ressentimentos aberto por um equívoco na ação do movimento guerrilheiro que resultara no sequestro do pai.

Por ora, administrava a Pensão Tainá, que era uma das poucas hospedarias situadas na praia. Com o rápido desenvolvimento do turismo na região, Lineu viu a oportunidade de transformá-la em uma pousada com melhores acomodações e mais movimento.

Se na política ainda não fizera de sua vida um monumento à causa que abraçara, cogitava, sem o radicalismo de outrora, lutar ainda pelo fim do regime militar. E, se a democracia se concretizasse, pensava em se candidatar ao parlamento por algum partido de esquerda.

Em meio a esses pensamentos, Lineu ouviu Tainá chamá-lo para atender o telefone.

— É Cadu — disse Tainá.

— Lineu! — ouviu do amigo — Seu pai está muito doente e quer ver você.

— O que ele tem?

— Ele foi hospitalizado ontem, sofreu um derrame. Os médicos não deram muita esperança de vida. Venha logo.

PAI

Lineu desembarcou em Congonhas na manhã do dia seguinte, com Tainá, e correu para o hospital.

O encontro dos dois ocorreu em tom amoroso, como se os acontecimentos, que culminaram com o sequestro do velho, fossem apenas cicatrizes apagadas.

— Rapaz, você ficou um homem bonito — exclamou o pai.
— Seu Hans, que brincadeira é essa?! Em uma cama de hospital! Você nunca foi disso — respondeu o filho.
— Acho que estão precisando de mim lá em cima.
— Mas eu preciso de você aqui embaixo. Temos muito que falar... Eu queria dizer do mal que causei... Você não sabe o tamanho do meu remorso...
— Deixa isso de lado, a alegria de ter você comigo é maior que a dor daqueles acontecimentos, principalmente agora no fim da vida. Meu tempo é curto, não quero relembrar episódios tristes. Quero saber de você. Quem é essa bela moça ao seu lado?
— É Tainá, minha mulher. Estamos juntos há três anos. Se você esperar mais um pouco vai ver o teu neto, que está a caminho, querendo conhecer o avô. Não decepcione meu menino.
— Ah! Eu não tenho mais controle sobre os meus dias...
— Calma. Vou tirar você daqui e te levar pra Porto Seguro. Você vai descansar na nossa pousada e em pouco tempo vai estar novinho em folha com os bons ares da Bahia.

∞

Se com o pai a reaproximação tinha sido serena, em casa, com a mãe, as marcas do sofrimento se mostraram mais fortes. Suely não escondeu do filho que as doenças do marido surgiram depois do sequestro. Disse que Hans nunca mais se recuperara daquele evento trágico. Acrescentou que o pai perdera a fala por semanas quando soube que o filho estava envolvido e que, depois de libertado, mergulhara em uma depressão que o conduziu a uma tentativa de suicídio. Suely disse ainda que as noites para Hans eram terríveis: ele tinha pavor de dormir. Temia os pesadelos em que o filho aparecia como algoz para torturá-lo. Lineu ouvia lívido o relato da mãe.

— Mãe, eu não procurei vocês antes porque não tava preparado pra este encontro. Mas, ao mesmo tempo, ansiava por ele — balbuciou Lineu, abalado.

— Pois é. Nós também tivemos sentimentos contraditórios: rancor pela maldade que você fez e tristeza pela tua ausência.

— Mãe, eu não quero diminuir a minha culpa, mas eu tinha garantia de que papai não seria a vítima.

O fato é que, à época do sequestro, Lineu não gozava de prestígio na organização guerrilheira. Alguns dirigentes suspeitavam de sua lealdade, porque a família era ligada à alta burguesia. Então, para conquistar a confiança do grupo, ele mesmo arquitetou um plano ousado, que poderia dar-lhe a reputação de um valoroso militante: propôs o sequestro de um rico empresário, amigo e frequentador do escritório do pai.

Mesmo com alguma relutância, a liderança do movimento acabou reconhecendo que o plano era bom. Mas houve um equívoco. Levaram o pai, e não o tal empresário, que o acompanhava no momento da abordagem. Havia, porém, quem dissesse que a troca fora feita propositalmente por um inimigo de Lineu.

INDIGNAÇÃO

Suely conhecia muito bem o enredo que culminara com aquela violência. Toda essa história fora revelada a ela e à sua família por Cadu, o jovem que passou a frequentar a casa de Lineu desde o tempo em que ambos faziam o colegial. Os dois amigos nunca deixaram de se comunicar. Assim, tornou-se possível manter, ainda que esporadicamente, um fluxo de notícias entre a família e o filho no exílio. Este, ao sair do país, já sabia que seu pai fora apanhado no lugar do empresário. Ignorava, no entanto, o drama que o pai iria protagonizar no cativeiro. Foi Cadu que fez Lineu saber que Hans, em uma tentativa de fuga, fora baleado no joelho. E que a precariedade do atendimento médico da guerrilha, agravada pelo diabetes, resultou na necessidade de amputação de parte de sua perna direita.

Lineu fugiu para não ser preso, mas o exílio acabou sendo também uma maneira de se esconder da família, depois de saber do drama do pai.

A mãe, na conversa com o filho, condenou essa atitude, e acrescentou, em contraposição, que Cadu revelou nobreza de caráter, comportando-se como um verdadeiro amigo nos momentos mais difíceis para a família. Suely revelou que Hans se apegara a ele como se estivesse buscando uma compensação pela decepção com o próprio filho.

Lineu não tinha como se justificar, mas tentava explicar as decisões equivocadas, esperando que Suely as compreendesse.

— Você tem que se ver com o teu pai — afirmou a mãe, mostrando-se pouco receptiva.

Nos dias que se seguiram, Lineu e ela conversaram muito. Suely confessou ter sido uma sonhadora, que fantasiara um futuro de contos de fada para os filhos. Disse também que, na época em que Lineu trocara a família pela luta armada, não tinha ideia do que eram os movimentos políticos.

— Hans me chamava de alienada — admitiu.

— Por isso que não dava pra falar com a senhora...

— Hoje, até entendo aquela luta dos jovens, mas não vejo por que alguns têm que usar a brutalidade.

— Olha, mãe, eu entendo a sua dor, e acho que a luta armada foi um erro, mas, naquela época, a História estimulava a gente.

— Não bastava trazer de volta a democracia, que já era um enorme desafio? Que outro estímulo a História dava?

— Aquela era a luta da esquerda em vários países. Cuba, com exemplos na educação, na saúde. A China...

— E não podiam se inspirar em experiências democráticas?

— A gente acreditava que a democracia burguesa não olhava pros pobres. Nós queríamos ver o povo melhorar de vida. E o socialismo oferecia um caminho.

— Que caminho? O sequestro de homens bons?

— Nós tínhamos pressa. A revolução era o meio mais curto. Era preciso dinheiro. Sequestros e assaltos a bancos era o jeito de conseguir — enfatizou Lineu.

— Você não se arrepende do que fez?

— Ah, mãe, se arrependimento matasse... Depois que Cadu me contou o que aconteceu com papai... o remorso... a culpa...

— Mas você não percebeu a crueldade? Remorso? Remorso porque a vítima foi o teu pai? E se fosse outro? Seria diferente?

O drama familiar fez Suely compreender melhor o abismo que existia entre ela e o filho. Para ela, as razões de Lineu permaneciam incompreensíveis. Mãe dedicada, mas amante das superficialidades da vida, teve de conhecer o mundo em que o filho se metera. Ficou horrorizada, mas amadureceu, a ponto de, agora, ter opiniões sólidas. Embora desprezando as posições políticas do filho, nunca deixou de ter por ele compaixão e o desejo de que se reaproximasse da família. Lamentou, no entanto, que isso se desse num momento em que a vida de Hans estava por um fio.

O COMEÇO

Lineu Freutag descende de uma família de origem suíça radicada no Brasil desde o começo do século XX. Em São Paulo, os Freutag empreenderam um negócio no ramo de aços finos e continuaram aumentando sua fortuna, produzindo equipamentos para indústria com o emprego de alta tecnologia. Lineu é neto do fundador do que se tornara um conglomerado de empresas de alto desempenho econômico e financeiro.

Quem comandava o grupo em 1968 era Hans Freutag, pai de Lineu e filho do fundador. Na época do sequestro tinha mais de 60 anos e estava às voltas com a ideia de fazer do filho seu sucessor na empresa. Havia razões para isso: Lineu, desde cedo, revelara pendores para a liderança. E isso ficou mais claro depois que ele se envolvera nas atividades esportivas escolares. Além de jogar, também escalava os jogadores e treinava a equipe. Para seus companheiros, era o líder. O pai, que acompanhava o desenvolvimento escolar do filho, via nisso uma indicação positiva para a concretização de seu projeto. Mas nem tudo era o que parecia ser.

Estava por acontecer o certame de futebol. No dia do jogo inaugural, ele acordara febril, e sua mãe impediu que fosse à escola. Leonardo, o professor de educação física, deu a notícia aos garotos, e procurou reduzir a importância de sua ausência. Argumentou que o grupo estava preparado para enfrentar o adversário. Acrescentou também que Lineu enviara um recado, manifestando confiança no time e recomendando a escalação de Cadu para a sua posição. Cadu também era querido por aquela turma.

Leonardo era um professor treinado, e mentira por amor aos jovens. Lineu não tinha mandado recado algum. Em casa, esbravejava com rancor, e seu inconformismo quase o fez agredir fisicamente a mãe. Para ele, o campeonato era um meio de provar que o grupo de bolsistas da periferia poderia vencer os colegas ricos e demonstrar a força dos pobres. Estava em jogo o papel de cidadão engajado na política.

Para sua frustração, a disputa foi vencida pelo time adversário. A revolução proletária, portanto, teria ainda de esperar.

Na escola, dias depois, Lineu encontrou o grupo e, enquanto lamentava sua doença e a intransigência da mãe, Cadu, o mais falante entre eles, mostrou-se zombeteiro.

— Lineu, uma febre à toa te derruba, ou você se apavorou?

— Olha, não vem com esse papo. Eu não sou de fugir da briga, mas em casa o tempo fechou, não consegui sair. Estou com vocês, e nós vamos mudar isso. Tá legal?

Lineu reassumiu a atitude de líder, e passou a dar orientações. Por fim concluiu:

— Só interessa vencer e mostrar que o nosso time é o melhor. Os filhotes da burguesia vão ver do que o povo organizado é capaz. Abaixo a elite dominante! — arrematou.

— Ei, cara, aonde você quer chegar com essa história de povo organizado? — perguntou Cadu.

Lineu recebeu mal a provocação, porque percebeu que os outros concordavam com Cadu. Considerou os companheiros alienados da grandeza política de sua iniciativa. Esperava preparar uma equipe de futebol para lutar pela supremacia de sua própria classe social. E o que ele via era um grupo que queria apenas jogar bola.

Lineu chamou o amigo para um canto da quadra e desabafou.

— Pô, Cadu, você me conhece. Sabe que eu levo a sério o que faço. Só quero provocar a molecada, deixar eles com raiva dos adversários...

— Raiva por quê? Eles não fizeram nada!

— Não são eles, idiota. É a classe social que representam.

Calado, Cadu ouvia o colega. Não sabia discutir daquela maneira sobre uma simples partida de futebol. Seu universo intelectual não alcançava as elucubrações do outro.

PADRE

Na casa de Cadu faltava quase tudo, menos a religião. Padre Eustáquio ia lá, às quintas-feiras, "levar a palavra de Deus àquela gente simples e honrada", como gostava de dizer. E também para comer os deliciosos bolinhos de chuva de Neusa, a mãe de Cadu.

O garoto crescera vendo Eustáquio dar suporte espiritual às famílias para que seu rebanho encontrasse a paz mesmo diante das adversidades. E ouvia dizer: "É mais fácil um camelo passar pelo buraco de uma agulha do que um rico entrar no reino do céu". Sua mãe repetia essa frase como um mantra. Era esse o universo de Cadu. Seria por ele que Lineu estaria disposto a lutar?

Percebeu Cadu que o amigo propunha uma espécie de luta de pobres contra ricos, embora não conseguisse entender a relação disso com uma disputa esportiva em que, na sua visão, o importante não era ganhar, mas competir.

— Mas, Lineu, você também é um "filhote da burguesia".

— É verdade, e meu pai quer que eu seja como ele. Quer que eu fique no lugar dele na empresa.

— E o que tem de errado nisso?

— Não sei se é isso que eu quero.

— Você tem medo de não dar certo?

— Não, meu pai diz que eu tenho jeito pra coisa.

— Como ele sabe?

— Ah! Não sei. Ele vive me testando. Só pra você ver: quando eu fiz 10 anos, ele me mandou organizar a festa de aniversário.

— Seu pai?

— Pois é! Ele achou que eu devia organizar pra aprender as manhas da administração.

— Mas você era criança...

— Era, e fiquei apavorado, mas tudo saiu direitinho.

— E você fez tudo sozinho?

— Claro que não. Minha mãe me ajudou, mas meu pai ficou orgulhoso e disse que estava nascendo ali o novo presidente da empresa.

— Nossa, é mesmo?

— Não, ele estava brincando... mas o velho vem me testando até hoje...

Cadu ouvia a história do amigo e impressionava-se com o rigor da família de Lineu. Algo muito distante da sua vida.

— Seu pai só pensa na empresa? — perguntou ingenuamente.

— Acho que sim. Mas eu não tenho bronca, com essa mania dele, eu aprendi a ter objetivos e a planejar.

Seus colegas, deixados no meio da quadra, aos poucos se dispersaram. A luz da tarde se esvaíra e lá estavam os dois ainda a conversar.

— Teu pai tem razão em fazer de você um homem de negócios.

Lineu ficou em silêncio alguns segundos.

— Olha, Cadu, isso de viver só pensando em grana não tem nada a ver.

— Mas qual é o teu negócio?

— Eu quero fazer uma coisa maior, mais engajada...

— E o que é engajado pra você? — perguntou Cadu.

— Política! Lutar contra a ditadura, contra a injustiça social, o consumo burguês...

— O que tem de errado com o consumo burguês?

— Cadu, você é um alienado. A burguesia é o atraso, a causa de todas as injustiças.

— E você vai fazer justiça como? Fechando lojas?

— Não é bem assim. O marxismo ensina como se faz. Já li sobre isso, mas vou estudar mais. Quero lutar por uma sociedade mais justa.

Cadu desconhecia o mundo das ideologias. Sua vida não tinha espaço para abstrações. Apesar disso, não lhe passou em branco a contradição entre o discurso teórico e a realidade em que o amigo vivia.

— E como fica a vontade do teu pai de levar você pra empresa da família? — indagou Cadu.

— Essa que é a encrenca. Meu pai não sabe dessas minhas ideias. E vai ter um infarto quando eu contar.

— Claro. Você quer estragar o barato dele!

— Pois é! Meu pai é um cara importante... não está acostumado a ser contrariado.

— Você vai matar teu pai do coração.

— É verdade. Vai ser um choque tremendo.

SOCIALISMO

Lineu contou a Cadu que se preocupava com justiça social desde criança. Gostava quando os filhos dos empregados iam à sua casa brincar, e sentia prazer em presenteá-los com os seus próprios brinquedos.

Mas as ideias socializantes só começaram a se estruturar na sua cabeça por intermédio de um quase desconhecido grupo de militantes da causa socialista, o JIP — Juventude Intelectual Progressista. Este fizera chegar às mãos dele um punhado de livros — todos proibidos — que o iniciaram na teoria marxista. Aproximou-se do JIP por acaso, quando saía de um clube da cidade, e deparou-se com um bando de gente no meio da calçada, discursando e cantando. No conturbado momento político de dezembro de 1968, o JIP alternava discursos doutrinários com inocentes apresentações de músicas populares. Assim, conseguia atrair os transeuntes curiosos e, ao mesmo tempo, enganar a polícia. Sempre que esta se aproximava trocava a pregação ideológica pela moda de viola. A tática deu certo por algum tempo, mas logo foi denunciada, e o grupo se desfez dramaticamente, com vários militantes presos e alguns desaparecidos para sempre.

Os conceitos proclamados pelo JIP eram enunciados como marxismo cristão. Uma tese que afirmava ser a pobreza um valor humano superior. Através dela poderia ser alcançado um mundo solidário e melhor. Para tanto seria necessário compreendê-la e pregá-la com vigor. Lineu pretendia utilizar o campeonato de futebol de salão da escola para dar concretude a essa ideia. Acreditava que uma sucessão de vitórias da equipe de bolsistas sobre os times da elite poderia criar um fato político. Operava com a hipótese de que os êxitos esportivos criariam as condições para iniciar o trabalho de catequese dos jovens, apresentando a eles o socialismo como libertação e instrumento de resgate da igualdade e de um mundo melhor. Depois de inflamar os jovens estudantes, imaginava que esses conceitos incendiassem também suas famílias. E outras escolas, e, por fim, toda a sociedade. Empolgado, pensava que poderia liderar um movimento pacífico de transformação social.

∞

A pobreza como virtude expressa nas ideias de Lineu confundia Cadu. Ele não conseguia distinguir o razoável do absurdo. Confortava-se com a ideia de uma pobreza nobre, mas intuía que nas palavras dele houvesse coisas fora do lugar. Os valores da pobreza utópica de Lineu eram enunciados com a mesma sacralidade das pregações do padre Eustáquio, sem espaço para dúvidas. Parecia um tema que pairava no âmbito da religião.

Cadu respeitava os ensinamentos religiosos, mas se permitia uma visão crítica. Em relação à tese do amigo, procurou o padre na esperança de que ele pudesse esclarecê-la. Encontrou-o na sacristia, preparando as rezas para a novena das devotas.

Cadu expôs a Eustáquio as ideias de Lineu, e acrescentou as suas dúvidas.

— Veja o senhor, ele diz que a pobreza é a salvação do mundo, que a vida é mais feliz sem riqueza.

— Ele tem razão.

— Por quê? Minha família é pobre e eu sei quanto isso é ruim.

— Não se pode ser contra o pobre. Não é cristão.

— Não sou contra o pobre, sou contra a pobreza.

— Cristo viveu na pobreza e pregou a solidariedade.

— E por que não se pode ser solidário sem pobreza?

— Cristo ofereceu sua vida na cruz para nos libertar da escravidão dos pecados. A riqueza é o pecado dos ricos, portanto a pobreza nos salva. Seu amigo está certo — sofismou o padre.

— A pobreza impede a gente de sonhar, de crescer...
— Cadu, seu coração está envenenado pela cobiça. Você fala como um burguês a justificar a riqueza obtida com o sangue e o suor dos miseráveis.
— Padre, eu não quero ser ovelha negra... Só quero entender melhor as ideias do Lineu — contemporizou.

Eustáquio irritou-se com Cadu, mas suspeitou que o amigo dele estivesse inspirado pela doutrinação marxista. E interessou-se pelo caso.

— Você é cabeça-dura, mas eu gostaria de convidar você e esse seu colega para conhecerem o trabalho que a paróquia faz com as comunidades pobres.

Eustáquio explicou o programa das Comunidades Eclesiais de Base que estava implantando na paróquia. Adiantou que esse programa fora elaborado pelo ramo latino-americano da Igreja Católica e que tinha como base as teses da Teologia da Libertação: uma teoria que revolucionava a visão tradicional da Igreja, colocando o cristianismo a favor dos excluídos e propugnando por uma relação mais justa e fraterna.

Acrescentou, também, que não se delongaria nas explicações doutrinárias porque os resultados demonstravam a força dessas ideias.

Cadu ouvia Eustáquio com interesse, e exultou quando o padre estendeu o convite a Lineu para conhecer o trabalho. Via nisso um meio de dar ao amigo uma referência mais confiável para os seus pensamentos sobre justiça social. Mesmo quando discordava do religioso, Cadu reconhecia a sua autoridade. Acertaram um encontro dos três.

Ao relatar aos pais a visita que fizera a Eustáquio, Cadu percebeu que tinha assumido, sem procuração, um compromisso em nome do colega. Além disso, estaria a envolver Lineu, presbiteriano, em um programa da Igreja Católica. É verdade que o amigo talvez não tivesse de assistir às missas e a outras liturgias, porque parecia que Eustáquio demonstrara mais interesse nas ideias políticas do que em suas convicções religiosas.

Cadu expôs aos pais essas preocupações, e consultou-os sobre a conveniência de prosseguir no convite. Ouviu deles palavras de estímulo. Da mãe, porque enxergava a iniciativa como uma possibilidade de conversão de um infiel ao catolicismo. Do pai, porque, operário, via com muita simpatia a defesa da causa dos pobres encetada pelo padre.

O local do encontro seria a casa dos Silveira, sobrenome que Cadu recebera do pai. Dona Neusa prepararia o almoço, e todos almoçariam juntos com o religioso.

— Nossa Senhora da Penha há de nos ajudar a trazer mais uma boa alma para a causa da Igreja — alegrou-se a mãe.

Cadu ligou para o amigo e disse que ia visitá-lo em casa. Acrescentou que, além do futebol, teria mais um ou dois assuntos para tratar.

Lineu surpreendeu-se com a iniciativa. Eram amigos, mas visitarem-se em seus lares não soava natural para ele. Em casa, estava acostumado a ver gente de sua classe. Era como se um operário da fábrica do pai fosse à residência do patrão tagarelar sobre amenidades. Embora a surpresa de Lineu soasse preconceituosa, ele não desaprovou a iniciativa do colega. Apenas a considerou inopinada, mas deixou claro que o amigo seria bem-vindo.

Na manhã de sábado, Cadu apanhou o ônibus e rumou até o Jardim América, onde os Freutag construíram a sua mansão.

Durante o trajeto, teve tempo de pensar em como fazer o convite para o almoço com a família e o padre, e percebeu que isso parecia uma formalidade fora de propósito entre jovens. E mais, conjecturou que, talvez, fosse um erro a ideia de levar Lineu às Comunidades Eclesiais de Base. Ele pensou mesmo em desistir da missão, daria depois uma justificativa para explicar a sua ausência. Aborrecido consigo mesmo, irritou-se com o amigo, atribuindo-lhe a causa de sua própria inquietação. Lineu que se danasse com as suas ideias. Não seria ele que abriria o caminho para uma aproximação com Eustáquio. Afinal, não sabia direito que diabos essas tais Comunidades da Igreja faziam. O religioso falara da Teologia da

Libertação. Haveria alguma teologia que não fosse libertadora? A Igreja teria sido até agora contrária à liberdade? E os 2 mil anos de cristianismo, o que significaram?

Em meio a esses pensamentos, e ainda sem ter uma ideia organizada do que diria a Lineu, Cadu notou que chegara o ponto em que deveria saltar do ônibus. E assim o fez com aflição. Estava à distância de curta caminhada da casa do amigo. Já não seria mais o caso de voltar atrás e desistir da empreitada. Agora, iria até o fim com o propósito que determinou sua chegada àquele canto da cidade. O amigo que pensasse o que quisesse sobre seu gesto. A Cadu não importava mais nada. Queria livrar-se da incumbência que se impusera, depois voltar para casa e retomar a sua rotina. Não imaginava a sucessão de acontecimentos que iria mudar a sua vida a partir dessa visita.

Um porteiro o recebeu, e o conduziu por uma pequena alameda até a escada de amplos degraus que levava à porta principal da casa, seguindo a formalidade exigida pelos Freutag. Mas a recepção a Cadu foi calorosa.

— Entra, Cadu, estou aqui com o meu velho — chamou Lineu.

O tempo que decorreu da entrada na mansão — plantada no centro do jardim — até o encontro com o amigo no escritório revestido com lambris de jacarandá pareceu uma eternidade.

A VISITA

Aquela experiência desvelou subitamente ao jovem humilde, nascido no distante bairro da Penha, um mundo novo e deslumbrante, cheio de símbolos e significados, que lhe revelaram uma nova consciência a respeito das possibilidades de viver.

Deu-se conta de que, para viver nesse mundo, deveria adquirir seus códigos antes de cruzar a soleira da porta que dava acesso ao escritório, sob o risco de não ser reconhecido como um ser da mesma espécie. Este foi o sentimento que o tomou: desejava transformar-se em um deles como num passe de mágica. Mas como? Envergonhava--se das roupas. Suspeitava que seu vocabulário não desse para completar duas frases que fizessem sentido para aquela gente. Julgava que suas ideias não tinham alcance necessário para circular num universo daquela grandeza. Em meio a essa crise o pânico se instalou. Suava frio, pálido como um bloco de parafina.

Já acomodado em uma poltrona confortável, o pai de Lineu segurou-lhe o pulso, e o amigo aos berros:

— Que é que te deu, bicho? Poxa, você quer matar a gente de susto?

Aos poucos Cadu foi relaxando. Percebeu também que, embora ricos, os Freutag eram gente normal e hospitaleira. Dissimulou ao explicar as possíveis causas do mal-estar, o excessivo calor daquela manhã e a longa caminhada que fizera sob o sol forte.

Ainda que por vias tortas, aquela cena serviu para quebrar a formalidade temida por Cadu, o que se confirmou nas palavras de Hans.

— Cadu, o Lineu fala sempre de você aqui em casa. Diz que você é um craque com a bola e um talento em matemática. Você pensa em estudar engenharia?

Matemática, talento, engenharia, Cadu estava atônito com essas questões. Aos 18 anos a única coisa em que havia pensado era arrumar trabalho para ajudar nas despesas domésticas. Considerava-se em dívida com a família por já não estar trabalhando. Qualquer trabalho que fosse: ajudante de comércio, *office-boy* em algum pequeno escritório, datilógrafo. Essas funções constituíam aos olhos de seus pais e aos seus próprios uma porta de entrada a um universo de oportunidades sociais inimagináveis para um operário como seu pai. Um datilógrafo bem aplicado poderia ganhar por promoção um cargo de auxiliar de escritório e, no futuro, vir a ser chefe de seção, com terno e gravata. Não era pouca coisa para uma gente que estava acostumada a ver o homem da casa chegar do trabalho em um macacão rasgado, manchado de graxa. Claro que os Silveira não ignoravam a existência de outras profissões mais nobres: médico, advogado, engenheiro, mas sabiam que alcançá-las para seus filhos era um sonho irrealizável. Melhor seria ficar no terreno das coisas possíveis e certas. Já estaria bom se um dos seus se saísse encarregado de almoxarifado de alguma metalúrgica da redondeza. Afinal, a riqueza e o poder não eram parte do cardápio da existência dessa família.

— Ah! Sim, quero dizer, não... — titubeou Cadu ao responder à indagação de Hans.

Queria dar aos Freutag uma boa impressão sobre si mesmo, mas não suportaria ter de mentir ou dissimular sua verdadeira realidade. A opção pelo caminho da franqueza devolveu-lhe a paz para prosseguir e expor com clareza o que tinha em mente.

— Na verdade, nunca pensei sobre isso. Meu pai sempre diz pra eu fazer um curso técnico e arrumar logo um emprego. Não dá pra fazer faculdade. Não dá pra pagar.

Hans ouvia com atenção e se deu conta de que tinha à sua frente um jovem lúcido e determinado, mas sem as mesmas oportunidades que seu filho.

— Olha, eu acho que essa é uma maneira prática de encarar a vida, mas às vezes é bom sonhar — divagou, deixando aberta uma reflexão que Cadu não compreendeu bem.

Lineu, que até esse momento permanecia calado, notara que o pai se interessava por Cadu de uma maneira não costumeira. Hans sempre fora bom ouvinte e tinha uma curiosidade sincera, independentemente das origens familiares ou classe social de seus interlocutores. Mas, dessa vez, a simpatia demonstrada pelo pai fora diferente. Havia mais que uma demonstração de acolhimento amistoso a um visitante que se recebe em casa.

Para Lineu, seu pai adotara um gesto paternal com Cadu, expresso menos nas palavras do que no tom de voz. Não estava enganado. Hans era um homem temperado pelo competitivo mundo dos negócios e desenvolvera o hábito de ocultar sentimentos. No entanto, na presença daquele jovem magro, olhar assustado, em trajes comuns, falando com simplicidade e resignação sobre seu futuro, mas demonstrando segurança e firmeza, sem pretender esconder as dificuldades e limitações do seu universo familiar, desarmou a dureza usual do empresário.

Depois de Hans deixar a sala, Lineu retomou a conversa, desdenhando do mal-estar do amigo, no estilo irreverente dos jovens:

— A donzela já se recuperou?

Cadu tentou pregar uma peça, simulando perder os sentidos, mas a brincadeira não prosperou, porque Lineu percebeu a farsa e prosseguiu com a conversa.

— E aí, bicho, que bom te ver, almoça com a gente, assim você conhece a minha mãe e a minha irmã, que já vão chegar do clube.

Cadu, mais à vontade, tentou recusar, alegando um compromisso em casa, mas logo aquiesceu bem-humorado.

— Não vou perder a chance de conhecer a tua irmã. Você nunca falou dela na escola... Pô, cara, você mora numa casa muito legal. Seu pai que fez?

— Que nada! Isto aqui é herança, um mausoléu. A família não sai daqui nem morta — respondeu Lineu, fazendo troça.

Cadu riu, e procurou conduzir a conversa para os assuntos que o levaram àquela mansão.

— Bicho, você não esqueceu que temos um jogo na semana que vem, né? Temos que escalar o time pra deixar ele com "fome de vencer" — provocou.

Lineu entendeu a afronta, mas não quis polemizar. Preferiu encarar a questão com pragmatismo, deixando temporariamente suas fantasias políticas de lado.

— Claro, vamos escalar o mesmo time. Você volta para a tua posição e eu fico na minha. Sai o Magro, que se machucou no primeiro jogo. Mas, sem brincadeira, não podemos perder esse jogo, senão estamos fora do campeonato. Outra coisa. A gente não pode ficar discutindo na frente da turma. Vamos jogar pra ganhar, e é essa mensagem que tem que passar pra molecada.

CONVITE

Cadu percebeu que não era hora de novo enfrentamento de ideias, pareceram razoáveis as ponderações do amigo. Além disso, estava na casa dele, daí a pouco teriam o almoço, e ainda havia mais um tema a ser tratado. Não queria criar um clima exaltado na conversa. Encerraram esse capítulo, combinando que na segunda-feira seguinte reuniriam os colegas para o treino do próximo jogo.

Assim, Cadu decidiu abordar o verdadeiro motivo da visita.

— Tem outra coisa que eu queria te falar. Gostaria que você conhecesse um amigo padre.

— Um padre! — exclamou Lineu com um sorriso maroto — Por quê? Vai me pedir em casamento?

— Não, sua besta, mas deixa eu conhecer a tua irmã.... Te convido pra padrinho. Agora, falando sério, esse padre é amigo lá de casa, e tem na paróquia dele uma tal Comunidade Eclesial de Base. Você já ouviu falar disso?

Os olhos de Lineu se incendiaram.

— Claro, eles seguem a Teologia da Libertação. Vão trazer o socialismo pela conscientização popular, sem violência. Eu não sou contra a luta armada, mas acho que, se for pelo processo democrático, é melhor. Você usa a democracia, entendeu? Quero conhecer esses caras.

Cadu, mesmo estarrecido com a simplicidade com que o amigo tratava a mudança da ordem econômica, política e social do país como se estivesse trocando de camisa, sentiu que sua missão daquela manhã estava prestes a terminar com êxito.

— O padre Eustáquio vai almoçar na minha casa amanhã. Vem você também. A casa é de pobre, mas minha mãe faz uma boa macarronada nos domingos.
— Combinado.

SUSANA

Na residência dos Freutag o almoço seguiu o protocolo de um ambiente refinado. A sala de refeições exibia decoração sóbria, mas delicada, em cores leves. Belos quadros nas paredes. A mesa de 12 lugares estava posta com apuro. Talheres de prata com o brasão da família, taças de cristal e louças de porcelana sobre uma impecável toalha de linho branco criavam a atmosfera para o almoço. Os Freutag tinham o hábito de fazer todas as refeições em casa com a classe de um serviço requintado, mesmo nas situações em que só a família comia.

Cadu, acomodado ao lado de Susana, a irmã de Lineu, conteve com discrição seu espanto e desconforto com aquela situação inusitada e nada familiar para ele. No entanto, estava encantado com tudo o que presenciava. Era partícipe da liturgia festiva dos ricos. E viu que era bom.

O seu desafio consistia em entrar naquele jogo desconhecido e sair dele como um competidor à altura dos demais. Não que fosse uma tarefa simples, mas ele tinha lá seus recursos: era um bom observador. Bastou um olhar, e seu hábito de segurar o garfo como se fosse uma chave de parafuso cedeu lugar ao jeito de sustentá-lo levemente nos dedos; sua maneira bruta de apanhar o copo foi trocada pelo gesto leve de segurar a taça de cristal.

O aprendizado da etiqueta à mesa foi tão rápido que quase não notaram Cadu digladiando com os utensílios à sua frente antes de ser domesticado por eles.

Susana percebeu suas dificuldades em um ou outro momento e tentava ajudá-lo com desvelo. Divertia-se com as dificuldades do moço. O episódio do guardanapo criou uma cumplicidade entre eles que terminou em sorrisos.

O que se deu foi o seguinte: Cadu, atrapalhado com a quantidade de objetos que o desafiavam, não se dera conta de que os demais já haviam pegado os guardanapos arranjados sobre os pratos. Quando percebeu que o seu era o único ainda intacto como a ponta de um iceberg sobre o prato, desconcertou-se. Sabia que deveria tirá-lo de lá imediatamente, mas não tinha ideia do destino que deveria dar a ele. Susana socorreu-o, suspendendo o seu, que repousava sobre as pernas. Ao fazê-lo, porém, pôs à vista uma parte das coxas desnudadas pelo vestido levantado. O incidente corou o jovem, que sorriu com um misto de alívio e constrangimento. Susana percebeu e gostou.

À noite, em casa, Cadu não continha o espírito alvoroçado pelas lembranças daquele dia. Tinha sido uma experiência incomum, e saíra muito melhor do que as expectativas poderiam sugerir. Trafegou nos meandros de um estilo de vida elevado e conheceu Susana. Esta lhe deixara as marcas mais profundas daquele sábado.

A figura de Susana era marcada pela vivacidade e pela beleza. Seus traços delicados compunham um conjunto harmonioso que davam a ela uma feição doce e luminosa. Cadu deixou-se tocar pelo magnetismo daquela moça. Era a descoberta dos mistérios da mulher que o impressionava. Ao lado dela, sentia o seu calor, os aromas da juventude, o hálito perfumado, observava a leveza de seus movimentos, e ouvia a sua voz sussurrada ao lhe pedir que alcançasse a jarra de água ou a servisse de pães. Cadu revirava as lembranças daquele almoço ciente de que vivera um momento de transcendência.

SIMCA CHAMBORD

A rua estreita e longa em que vivia Cadu fora outrora uma vila de casas de operários das indústrias instaladas na região da Penha desde o início de século XX. Como muitas dessas empresas deixaram o bairro, o que se via aqui e acolá eram residências transformadas em pequenos comércios pelos próprios moradores para tentar escapar ao desemprego.

Muitos dos proprietários utilizaram suas pequenas economias para construir no fundo de seus lotes cômodos conjugados para acolher famílias em busca de aluguéis baratos. Com isso, esses antigos moradores buscavam reforçar a renda familiar.

Cadu vivia numa dessas casinhas modestas à qual se chegava por um estreito corredor que ladeava a residência do senhorio. Nos dias de chuva intensa, essa passagem era banhada por uma cortina de água que vinha do telhado sem calha da casa da frente. A mãe de Cadu, que não costumava reclamar de nada, tinha como única implicância aquela cascata indesejada a impedir o acesso civilizado ao seu lar.

O corredor estreito não permitia o uso do guarda-chuva, não restando alternativa ao transeunte senão tomar um banho frio com roupa e sapatos. Por causa disso, dona Neusa não gostava de receber em casa "gente de cerimônia", no verão chuvoso de São Paulo.

O domingo, no entanto, seria abençoado pela santa de sua devoção — acreditava Neusa — e, assim, não haveria chuva, mesmo sendo dia quente de verão. Afinal, a boa senhora supunha ter como missão trazer uma alma perdida às hostes de Nossa Senhora da Penha. Sendo do interesse da santa, ela haveria de colaborar.

Lineu chegou na hora combinada para o almoço. Como não conhecia o bairro de periferia em que vivia o amigo, seu pai ofereceu a ele o motorista da família para levá-lo.

O Simca Chambord, reluzindo de novo, estacionou pontualmente ao meio-dia no endereço de destino. Josué, o motorista, saltou do veículo em seu uniforme de trabalho e tocou a campainha. Enquanto isso, Lineu aguardava no interior do carro.

Era função do motorista dos Freutag também zelar pela segurança dos patrões. Josué trabalhava com aquela família havia 17 anos. Praticamente vira Lineu nascer, por isso, exercia sobre o jovem alguma autoridade. Assim, não foi surpreendente que ele aguardasse a sua ordem para desembarcar. Como ela demorasse a chegar, Lineu decidiu verificar o que se passava do lado de fora, onde se observava pequeno tumulto.

— Tem certeza de que este é o endereço que o senhor está procurando? — ouviu Lineu do homem que atendeu, dirigindo-se a Josué.

— Eles são gente boa, mas são simples, não são as pessoas que vocês tão procurando. Nós todos aqui somos pobres.

Uma senhora do outro lado da rua, exaltada com a inusitada visita, palpitou grosseiramente.

— Aqui só tem gente honesta. Gente que ganha o pão com o suor da testa. Não tem lugar pra grã-fino. Quem visita a gente nem carro tem.

Lineu não se sentiu intimidado e, já deixando o automóvel, respondeu com educação.

— Olha, gente, eu sou amigo do Cadu. Nós somos colegas de escola. Eu vim almoçar com a família dele. Eu só quero saber onde ele mora.

Um senhor mais comedido indicou a passagem lateral da casa, informando que a família Silveira morava no fundo.

O homem que os atendeu abriu o portão da residência para que o automóvel fosse manobrado para dentro e acomodado no pequeno espaço que separava a casa da estreita calçada.

— Coloca o Simca aqui dentro. Daqui a pouco vai chover e a rua vai alagar — recomendou o homem.

Josué estava em pânico. Embora também fosse uma pessoa simples, em seu ofício de tantos anos nunca tinha visto uma cena como aquela, pois o ambiente de convivência dos Freutag era diverso daquele. O motorista chamou Lineu de lado, segurando-o pelo braço e cochichou ao ouvido.

— Lineu, eu acho melhor a gente ir embora. Agora. Seu pai não vai gostar de saber que viemos a um lugar como este.

— Nada disso, essa gente é do povo e vai ser tratada com dignidade. Eu fico com eles.

No interior da casa de três cômodos, Lineu relatou com humor o incidente à família Silveira. Dona Neusa falou que tinha ouvido os ruídos da rua, mas pensou que fosse o verdureiro, com seu velho caminhãozinho. Embora aparentasse serenidade, ela tinha o seu espírito agitado. Sentia acanhamento diante da figura de um jovem rico que, mesmo sem ostentar, mostrava naturalmente opulência. E para agravar seu estado de alma havia ainda a confusão da chegada do convidado a acentuar os desacertos daquela manhã, o que, para ela, poderia comprometer os seus propósitos missionários do domingo.

A moradia dos Silveira era simples, mas tinha um ar aconchegante. Um gramadinho ocupava a área da frente. Num dos cantos, o velho jasmim-manga combinava com arbustos menores plantados posteriormente. Na casa, os cômodos se enfileiravam como um trem: a cozinha trazia engatada a sala, e esta o quarto do casal. A entrada se dava pela cozinha, onde a família passava as principais horas do dia. Além de ser o maior ambiente, lá se faziam as refeições e se cultivavam relações sociais.

O almoço acontecia em torno da mesa de laminado plástico verde de tons mesclados imitando mármore. À última hora, dona Neusa decidiu tirar a toalha para deixar a mesa à mostra. Todos conversavam com alguma formalidade, mas cordialmente. Dona Neusa ainda não havia tomado seu lugar. Dava os últimos retoques na comida.

— Prontinho. O macarrão e o frango ensopado! — anunciou, enquanto levava à mesa as panelas quentes, informando que podiam ser postas diretamente sobre o móvel sem danos. E completou, sorrindo para o marido. — Às vezes eu tenho um pouco de medo de coisa moderna, mas esta mesa é uma maravilha. Foi presente de aniversário de casamento.

Inevitável para Cadu foi confrontar os dois almoços: o de sábado na mansão dos Freutag e o de domingo em sua própria casa, não só pelo cardápio, mas principalmente pelos símbolos presentes nos dois ambientes. Na casa dos ricos, o pato fora servido em louça fina sobre elegante mesa de madeira, forrada com toalha branca de linho bordado; na sua, o frango veio em panela de alumínio e foi posto na mesa de fórmica verde comprada em loja de móveis baratos.

Lineu comportou-se com desenvoltura naquele ambiente sem luxo. Seu interesse era conhecer o padre e a Comunidade Eclesial de Base.

— O Carlos Eduardo me disse que o senhor está fazendo um bom trabalho com os pobres — comentou Lineu, dirigindo-se ao religioso.

— Quem é o Carlos Eduardo? — perguntou um dos presentes.

— O Cadu. Não é esse o nome dele? — respondeu.

— Cadu é nome, não apelido. Qual é o problema? — retrucou o pai sem se alongar em explicações.

A mãe resolveu esclarecer a questão.

— Quando Cadu nasceu o parto foi difícil e ele foi salvo pelo médico. Aí eu fiz uma promessa para Nossa Senhora da Penha. Se o menino sobrevivesse, eu daria o nome do médico a ele. O doutor era chamado pelos colegas de doutor Cadu. Nós achávamos que esse era o nome, mas depois descobrimos que era apelido de Carlos Eduardo.

Lineu sorriu e comentou:

— Ótimo! É fácil de lembrar. É nome de craque de bola.

Todos riram da observação espirituosa do rapaz. Cadu, entretanto, sabia que aquele equívoco batismal revelava a ignorância de sua família. Se os seus não tinham discernimento em relação ao óbvio, o que dizer sobre temas mais complexos?

Esses episódios banais alimentavam o seu sentimento de inferioridade. Adulto, no entanto, viria a dizer que isso temperava a soberba que o dinheiro e o poder às vezes estimulam.

Eustáquio, impaciente, esperava o fim daquela conversa para responder a Lineu.

— Você me perguntou do trabalho com os pobres. O Concílio Vaticano II reforçou a missão da Igreja aos desassistidos. Nosso trabalho é promover a dignidade, o senso comunitário e construir uma sociedade mais justa e solidária.

— Eu não sou católico, mas gosto desse engajamento político da sua igreja — disse Lineu.

— Pois é. Essa posição do Vaticano deu força à Teologia da Libertação. Estamos lutando contra a opressão aos pobres, vítimas da urbanização e da industrialização. Nós queremos mudar esse modelo econômico que favorece a burguesia e exclui os miseráveis...

— É preciso acordar esse povo oprimido.

— Por isso, nosso trabalho está concentrado na conscientização política dos fiéis. Ajudá-los a mudar tudo isso que está aí e lutar pela dignidade da vida deles. É pra isso que servem as Comunidades Eclesiais de Base.

Seu Gisberto, o pai de Cadu, ouvia o missionário sem entender quase nada e não escondia seu desconforto com aquela conversa. Sua visão sobre o tema resumia-se a aderir às greves na fábrica, brandindo o lema "dignidade é salário justo", que tinha ouvido de um líder sindical. Era essa toda a sua ideologia proletária.

Por parecer elevada, dona Neusa fingia-se de interessada por aquela retórica. Para ela, quanto menos compreensível, mais admirável aos seus sentimentos.

Ao ouvir o religioso, Cadu se enchia de dúvidas em relação aos propósitos das Comunidades Eclesiais.

Em compensação, mesmo no tempo em que frequentava a Juventude Intelectual Progressista, o entusiasmo de Lineu não tinha sido tão grande com as ideias de justiça social. Para ele, o padre apresentava a sua doutrina com coerência e consistência.

O discurso de Eustáquio não era diferente do que se ouvia na época de outros grupos de esquerda, mas, para Lineu, o fato de ser formulado por uma instituição milenar, cuja missão é continuar a obra de Cristo, daria, aos olhos do povo, a chancela da virtude àqueles propósitos.

Não era Lineu um seguidor da palavra de Deus, até via a religião com desprezo. Nos seus cálculos, porém, a Igreja Católica — com as Comunidades — era o meio para levar às massas os germes transformadores da perversa realidade social.

— Padre, eu li a *Pedagogia do oprimido*, de Paulo Freire. — Ele diz que "ninguém liberta ninguém; ninguém se liberta sozinho; os homens se libertam em comunhão". Isso diz muito pra mim.

— É por isso que nós entendemos que a coletividade deve valer mais que o indivíduo. Queremos reviver o sentido de comunidade na Igreja e na sociedade.

— Mas eu estou tentando aplicar essa ideia de comunhão pra libertação na minha escola, usando o esporte pra mostrar a força dos alunos pobres numa escola de ricos. O resultado é fraco. Os caras são uns alienados, não reagem.

E, buscando envolver Cadu na conversa, provocou.

— Cadu, fala das nossas experiências.

Sem obter resposta e deixando o olhar ressabiado do colega de lado, continuou.

— Onde foi que nós erramos?

Mesmo considerando ingênua a visão de Lineu sobre os processos de mudança da sociedade, Eustáquio admirou o interesse do rapaz pelo assunto. Apreciou também a inteligência e o gosto pela leitura engajada.

— Faltou conscientização do grupo. Nada floresce se a semeadura não é feita. Para engajar é preciso conscientizar.

Eustáquio explicou que as Comunidades têm organização "celular", e que cada célula trabalha nas periferias das cidades para mapear as necessidades do povo e as causas das carências:

— As privações materiais, fruto da exploração do trabalho operário pelo capital internacional, são tratadas pela conscientização política. Os grupos são instrumentalizados para o confronto com a classe burguesa dominadora e espoliadora.

O religioso acrescentou que isso se fazia com a criação de movimentos sociais e pelo fortalecimento do movimento operário.

Convencido da eficácia do método, Lineu mostrou interesse de se engajar nas causas políticas das Comunidades, e foi aceito prontamente pelo padre.

Acreditando que acabara de ser dado o primeiro passo para a conversão de mais uma alma ao rebanho da sua santa predileta, Neusa não conteve uma explosão de alegria.

— Louvado seja Nosso Senhor Jesus Cristo.

A REVELAÇÃO

Para Lineu, aquele encontro com o padre representou um momento de inflexão na sua vida. As dúvidas sobre o futuro se dissiparam. Seu pai haveria de compreender que não seria ele o sucessor na empresa da família. Que escolhesse outro. Por que não a irmã, ou talvez um possível marido dela? Ia abaixo também a ideia de cursar economia ou administração de empresas, conforme a vontade da família. O seu destino acadêmico seriam as ciências sociais e políticas. Sua vocação parecia ser mesmo o engajamento na causa da justiça social e na luta por uma sociedade igualitária. Dedicaria sua vida à correção das distorções que a burguesia capitalista impingia aos menos favorecidos. E se a resposta a esse ideal fosse implantar um socialismo cristão com viés católico, tudo bem. Seria a maneira possível de realizar a sua utopia, mesmo sendo ele de família protestante.

A sua condição burguesa nessa saga socialista seria justificada graças a ginásticas intelectuais que fazia para acomodar as contradições. Nas suas formulações teóricas, o empresariado capitalista dividia-se em duas vertentes. A majoritária, perversa, que almejava o lucro à custa da mais-valia do operário; e outra, benigna — constituída por exceções e influenciada pelas conquistas socialistas — que distribuía parte, ainda que pequena, de seus ganhos aos que colaborassem na sua obtenção. Esse seria um lucro menos indecoroso. Nessa categoria estavam os negócios de sua família.

Não fosse tal artimanha mental teria de odiar os pais e avós. Com os seus parentes a salvo de sua sanha de justiceiro poderia mais facilmente adotar o discurso oficial das esquerdas contra a ordem estabelecida. No entanto, essa versão peculiar de capitalismo nunca seria compartilhada com seus companheiros de luta.

∞

Cadu não gostou do que ouviu nas conversas do almoço em sua casa. Sentiu-se responsável pelo desfecho do encontro. Culpava-se por ter jogado o amigo nos braços de Eustáquio para um empreendimento que lhe inspirava cada vez mais dúvidas quanto ao método, particularmente quando este resvalava para o uso da política. Temia a repressão dos militares e pressentiu que algo ruim se avizinhava do colega.

Chovia forte quando Lineu deixou a casa de dona Neusa. Para alcançar o veículo ele teve de atravessar o aguaceiro da passagem que levava à rua. Ela empalideceu, temendo mais uma vez estar o esforço missionário daquele domingo perdido assim que o jovem saísse encharcado do sinistro corredor.

— Meu Deus, por que esta chuva agora? — lamentou a mulher.

— Melhor assim — zombou Lineu. — É o meu batismo na sua igreja. Louvada seja Nossa Senhora da Penha.

Dona Neusa tomou a galhofa pelo seu valor de face e deu-se por satisfeita, fazendo fé no cinismo do rapaz.

CORAÇÃO DE MÃE

A conversão de Lineu, naquele domingo, à causa da esquerda católica preocupou Cadu também por Susana. Os laços com a família dela poderiam romper-se e, assim, não ver mais a moça. Notando a angústia do filho, Neusa permanecia sem entender os motivos. Afinal, as coisas daquele domingo saíram melhor do que ela imaginava. Então, por que ele estava amuado, tendo sido o idealizador da conversão espiritual do amigo?

Casada havia mais de 20 anos com Gisberto, Neusa não podia contar com ele nessas questões. O marido era um homem rude, acostumado às asperezas da vida. Sua rotina limitava-se ao trabalho duro na fábrica e ao sindicato, onde fazia pequenos reparos de manutenção e ajudava na montagem das salas para as reuniões de que não gostava de participar. Mesmo assim se considerava um trabalhador engajado na luta operária. Disciplinado, cumpria o que lhe ordenavam.

Preocupada, Neusa chamou Cadu para conversar.

— Meu filho, coração de mãe não se engana. Desde aquele almoço com o teu amigo, eu vejo você triste. Vocês brigaram?

— Não, mãe. Para de se meter na minha vida. O Lineu tá indo nas reuniões com o padre Eustáquio. Eu quase não falo com ele. Ele também não tem ido à escola. Está estranho.

Dona Neusa queria entender o que estava estranho se o amigo frequentava a igreja com tanta devoção que sacrificava até a escola.

— Abandonar a escola não está certo, mas isso não é um sinal de revelação da verdadeira fé de Lineu?

Mãe, acorda! A senhora não tá entendendo nada. O Lineu não se converteu a coisa nenhuma. O negócio dele é política. Ele quer participar da luta dos pobres que o padre organiza lá na igreja.

— E o que tem de errado nisso, se Eustáquio faz o trabalho de levar o Evangelho de Cristo para o povo? — resmungou a mãe, sentindo-se incompreendida pelo filho.

Percebendo que a mãe só tinha olhos para a missão evangelizadora da Igreja, Cadu desistiu de prosseguir a conversa.

∞

Eustáquio, na casa dos Silveira, não economizou elogios a Lineu: "engajado", "comprometido", "dedicado", "obstinado". Acrescentou ainda que ele estava prestes a ser feito líder de uma das células das Comunidades. Iria organizar operários na luta contra a espoliação capitalista internacional.

Neusa animou-se:

— Graças a Deus. Lineu, um soldado de Cristo! Ele há de ajudar a defender o nosso rebanho.

Desolado, Cadu recomendou a Eustáquio que poupasse Lineu de aborrecimentos com a polícia. Neusa não entendeu a observação do filho. Falavam línguas diferentes.

EUREKA

Suely de Almeida Freutag, descendente da aristocracia cafeeira paulista, casara-se, contra a vontade de seus pais, com o filho de um imigrante suíço, mas não perdera o apego às tradições da família. Mesmo mantendo um relacionamento cordial com os parentes de Hans, alimentava o desejo de fazer o casamento de seus filhos no círculo dos paulistas quatrocentões. Todos seguidores da Santa Sé romana. Católica, concordara em batizar os filhos na crença luterana do marido. Mas ainda que não fosse devota fervorosa queria ver os netos seguindo a sua igreja. Julgava que a concessão já fora suficiente. A questão não era doutrinária, mas litúrgica. Considerava a Igreja Luterana simplória nas celebrações. Na avaliação dela, a Católica acolhia com mais elegância.

Costumava vasculhar as coisas dos filhos para se assegurar de que os planos matrimoniais que arquitetara para a sua prole não corressem o risco de fracassar. Encontrar um bilhete escrito sem estilo ou um endereço sem fidalguia poderia indicar um convívio social inadequado. Contidos a tempo, esses desvios seriam limitados às inconsequências da juventude. Mas para isso a vigilância não podia faltar. E Suely sabia que esse era um trabalho solitário. Não contava com Hans, porque ele nutria pelas antigas famílias paulistas um eloquente desprezo.

Em uma de suas incursões ao quarto de Lineu, deparou-se com um bilhete preso na capa da agenda de endereços do filho em que se lia: *Reunião na quarta-feira com padre Eustáquio, às 15 h, no salão paroquial.* Havia ainda o que parecia ser o endereço, cuja parte legível limitava-se a *Penha*. E em letras maiúsculas: COMUNIDADE ECLESIAL DE BASE e TEOLOGIA DA LIBERTAÇÃO. Terminava com a expressão grega *eureka*.

Percebeu Suely que aquilo era mais do que uma irrelevância: um encontro com um padre na Penha e aquela palavra grega...; porém, não deu muita atenção ao conteúdo da mensagem. *Eureka*, no entanto, parecia sugerir uma descoberta. Teria o filho tido uma revelação mística? Se assim fosse, e mesmo não estando em seus planos, via com simpatia uma carreira eclesiástica para Lineu. Poderia imaginá-lo com a indumentária solene de cardeal, desfilando pelos salões do Vaticano; mas entrar nesse universo de pompa pela porta de uma paróquia humilde da Penha parecia insuficiente para conduzir o filho a esse destino.

Ocorreu a ela socorrer-se de um tio, diplomata de carreira, enfronhado no círculo dos bispos da ala tradicional da Igreja Católica, para pedir recomendação.

Mas ela era uma mulher prática, e se às vezes perdia-se em devaneios tinha também a qualidade de descer das nuvens tão rapidamente quanto se elevava. Recuperada, outro pensamento evocara-lhe uma ideia aterradora: estaria Lineu envolvido com drogas? *Eureka* seria uma expressão para significar uma experiência sensorial — lembrara-se de Aldous Huxley em *As portas da percepção*. E a menção à reunião com um padre na Penha seria apenas uma forma de dissimular a verdade? Mas por que registrar essas frases em um bilhete e deixá-las à mostra? Pretendia o filho induzir a mãe a pensar que seguia uma rota virtuosa quando estava trilhando um descaminho?

Era muito para Suely. Já não suportava mais arcar sozinha com um fardo que poderia esconder ameaças sombrias ao futuro do rapaz. Teria de recorrer ao marido para buscar entendimento.

Hans não se perturbava com os exageros da mulher quando ela o interrompia na leitura do seu jornal. Era próprio de Suely carregar na teatralidade para enfeitar a retórica. Aproveitando-se da ausência de Lineu, Suely apanhou o catálogo de endereços com o bilhete grudado na capa e atirou-o no colo do marido. Por pouco, os óculos do homem não foram atingidos.

— Criamos um desajustado. Veja em que pode estar metido o nosso filho, educado para ser um homem de bem.

Refeito do susto, Hans tomou em suas mãos o caderno de telefones e bateu os olhos no que era a chave para o entendimento do bilhete: COMUNIDADES ECLESIAIS DE BASE, TEOLOGIA DA LIBERTAÇÃO. Naquela manhã de domingo sua tranquilidade fora subtraída repentinamente. Hans empalideceu e seu semblante, normalmente jovial, adquiriu um ar sombrio e triste. Não escondia que a vida acabara de lhe trazer uma profunda decepção.

— É droga, né? — arriscou Suely ao ver o marido transtornado.

— Antes fosse — retrucou lacônico.

— Como, antes fosse? Tem algo pior que droga? — reagiu Suely, ignorando que a vida da sua família jamais seria a mesma.

— Sente-se, Suely — ordenou o marido. — Você leu estas expressões em letras de forma?

— Sim, e acho isso bobagem — disparou a falar. — Meu problema é essa reunião em uma igreja na Penha, e com a palavra *eureka*. Acho que tem a ver com droga. Primeiro, pensei que o Lineu queria ser padre, mas...

— Suely, para, não é nada disso. O Lineu está para se engajar num movimento católico de orientação marxista. Ele vai ficar contra nossa família.

— Mas o que nós temos a ver com isso? Nós nem frequentamos aquela igreja, nem católico você é. O que eles podem ter contra nós, Hans? Você está me escondendo alguma coisa?

Se quisesse ter um diálogo consequente com a mulher, o marido teria de iniciá-la nas coisas básicas da política.

Hans era um democrata, prezava a liberdade. Mesmo assim, apoiara o golpe militar que derrubou João Goulart "para extirpar o perigo vermelho". Em sua avaliação, só os militares poderiam prestar esse serviço à nação que ele tanto amava. Esse apreço pelos militares, no entanto, foi perdendo força ao longo dos primeiros anos da revolução. Com o Ato Institucional nº 5, a simpatia aos generais minguara de vez.

Passou a ver, então, as ações de resistência democrática com alento, mas achava que a legalidade institucional deveria ocorrer pelo voto. Não aprovava o combate ao regime pelos grupos alinhados ao socialismo, incluindo nesse balaio os movimentos da ala progressista da Igreja Católica. Por isso, quando descobriu que seu filho estava flertando com os padres da Teologia da Libertação, temeu por virem a se encontrar em trincheiras opostas.

Hans não se deixava convencer pela retórica democrática da esquerda. Se tomassem o poder não teriam escrúpulos em pisotear a liberdade para implantar um regime marxista e autoritário, acreditava. Além disso, desdenhava da capacidade do socialismo em promover riqueza: sem a iniciativa privada, tudo o que se distribui é pobreza.

Para explicar isso a Suely, deixou de lado questões teóricas. Disse que o encontro de Lineu com esse padre revelava que o filho estava em busca de um caminho contrário aos interesses da família. Ficariam sem o herdeiro na chefia dos empreendimentos, e ainda teriam nele um adversário a contestar os meios capitalistas de fazer negócios. Era uma desgraça em porção dobrada.

Alienada politicamente, mas não estúpida, Suely compreendeu a gravidade da situação. Aduziu que o marido poderia sofrer restrições de seus pares nas associações de classe às quais pertencia, e mesmo represálias do governo com quem as empresas comerciavam se os passos de Lineu seguissem mesmo na direção que se desenhava.

Embora com temperamentos opostos, o casal se entendia bem, especialmente nas circunstâncias dos negócios. Suely não participava do dia a dia da firma, mas era informada das decisões importantes. Muitas vezes ela era encarregada de reunir em casa membros da elite econômica e política — o que fazia com muita facilidade — para ajudar o marido no fechamento dos grandes contratos. A família dela não possuía mais a riqueza dos tempos de ouro do café, mas ainda tinham influência no cenário empresarial.

Assim, na avaliação dos pais, a escolha política de Lineu era um desvio reprovável no curso da sua vida. Decidiram que era a hora de uma conversa franca com o filho. Um rito de passagem para o mundo adulto: chamar-lhe à responsabilidade como futuro chefe do clã e explicar que não caberia alternativa para a sua missão. Enfim, devolver--lhe a razão. Tirá-lo do estado de deslumbramento juvenil e mostrar a vida como ela é. O filho, portanto, haveria de acordar para a realidade do mundo dos Freutag, aceitando o seu papel nessa ordem de coisas.

O PASTOR

Depois da adesão à causa da Teologia da Libertação, Lineu raramente era visto durante o dia em casa. Retornava sempre tarde da noite para algumas horas de sono, trazendo roupa para lavar e pouca disposição para conversas sobre suas atividades.

Antes do episódio do bilhete, Suely atribuía esse comportamento a coisas de adolescente. No entanto, agora, já não tinha dúvida: o comportamento estranho se devia ao engajamento político. E, na concepção dela, Lineu bandeara para o lado do Mal.

Caberia a ela precipitar a tal conversa. Com ares de informalidade. Um encontro meio por acaso para não dar a Lineu a chance de articular explicações. Indefeso, dele seria arrancado um arrependimento, e se possível algumas lágrimas, em nome dos "verdadeiros valores familiares".

E o acaso bateu à porta dos Freutag na pessoa do reverendo Terence, o pastor da igreja, que a família pouco frequentava. Terence costumava visitar os fiéis que se distanciavam da paróquia para "não deixar os ausentes sem Deus", mas também para não deixar sem dinheiro o seu templo, que vivia da contribuição dos fiéis. Mas não eram esses os motivos daquela visita.

— Cara senhora, lamento pela descortesia desta visita sem aviso, mas o assunto é urgente e grave. Nossa igreja está preocupada com o momento político e com a adesão de jovens a movimentos contrários aos nossos valores...

Surpresa com a visita do pastor, mas vendo uma fresta para contrabandear o assunto do filho, mentiu, interrompendo-o.

— Deus trouxe o senhor até aqui. Meu marido e eu estávamos ansiosos por este encontro. Íamos procurá-lo nos próximos dias.

— O Senhor sabe o que faz. Amanhã, meu superior, o reverendo Oliver, estará na paróquia, e nós gostaríamos de ouvir o que pensa a família Freutag sobre essas ameaças. Seu filho Lineu e a senhorita Susana são bem-vindos.

Mesmo sem ter simpatia pelos presbiterianos, Suely, eufórica, beijou a mão do pastor para agradecer, acreditando que a tal conversa poderia romper os vínculos do filho com os padres "comunistas" da Penha.

— Deus escreve certo por linhas tortas — refletiu em voz alta.

Terence não entendeu o comentário, nem o beija-mão, que não cabe na liturgia protestante, e tentou conhecer os seus motivos.

— A senhora tem algo para dizer?

— Reverendo, não se preocupe. Estamos no caminho certo — respondeu enigmaticamente.

Ao saber do convite do pastor, e admitindo que a conversa pudesse ser uma tentativa de trazer o filho de volta à família, Hans não se opôs ao encontro. Susana aceitou docilmente a entrevista. Lineu, no entanto, desconfiou que estivessem a armar-lhe um golpe. Disse que não iria. Horas depois mudou de ideia e concordou: era a oportunidade de praticar a dialética marxista. A sua causa era justa. Por que temer o confronto?

A sala de reuniões do templo era simples. Oliver, o pastor mais graduado, já ocupava a cabeceira da mesa quando Terence entrou acompanhado dos Freutag — a única família que se dispôs a comparecer.

Depois de comentários sobre as obras sociais da igreja, Terence abriu a reunião.

— O reverendo Oliver e eu estamos muito gratos pela honrosa visita de tão ilustre família ao nosso modesto templo. Lamentamos pela urgência em que tudo se deu, mas diante da gravidade dos acontecimentos políticos recentes...

— Basta, Terence. Vamos direto ao assunto. É hora de os homens de bem mostrarem a força de sua fé cristã contra a ignomínia comunista — interrompeu Oliver.

— Sou um democrata. Não ponho um tostão furado nessa doutrina — devolveu Hans.

— As manifestações sindicais, estudantis e da ala marxista da Igreja Católica são uma ameaça à nossa crença. Marx pregou contra a religião. Devemos impedir essa investida do Diabo.

Hans percebeu tensão na fala de Oliver e preferiu não abrir a boca sobre Lineu. Seria debelar incêndio com gasolina.

De nada adiantou. Lineu, ignorando o constrangimento que viria a impor à família, soltou seu verbo de contestador militante.

— Com todo o respeito afirmo que Marx não é o demônio. Os estudos dele têm bases científicas e pregam a justiça social. Que deus pode ser contra isso?

— O Deus que combate o materialismo e salva seu rebanho para a vida eterna. Não há lugar para Marx na Igreja de Cristo — pregou o pastor.

— Há controvérsias. Estou engajado no movimento marxista da Igreja Católica, o que prova que Cristo e Marx podem conviver sob o mesmo teto — disse Lineu, irreverente.

Oliver e Terence viram na provocação do rapaz mais do que um destempero juvenil a ser contido com a palavra da Bíblia. Ali havia alguém disposto a defender seus ideais. E o que era pior, a serviço da fé concorrente.

Eles tentaram, em vão, convencer Lineu a desistir dessa luta política. Desarvorados, os reverendos retiraram-se da sala subitamente.

Por não saberem como tratar a rebeldia de Lineu, e receando que dar rédeas ao assunto naquele momento pudesse torná-lo ainda mais explosivo, os pais deixaram aquela cena sem desfecho. Nada se falou no calor da hora e, aos poucos, o episódio passou à categoria de tema proibido. Lineu, também, nada mais comentou sobre seu engajamento à causa dos oprimidos.

Estava armada uma crise de relacionamento familiar, pequena no início, mas que foi se agigantando incompreensivelmente, produzindo ressentimentos e obstáculos por muito tempo.

∞

Há quem diga que o rompimento de Lineu com a família — e a subsequente vida clandestina em que se meteu — começou a germinar no silêncio que se impuseram os protagonistas daquele encontro. Se as mágoas pudessem ser drenadas com diálogo franco e acolhedor, ele teria permanecido conectado à família.

Os fatos, no entanto, indicam que esse episódio pode ter fortalecido a sua ligação com os padres marxistas, mas o mergulho de Lineu no mundo paralelo da guerrilha aconteceu por paixão. Quem o levou para a clandestinidade foi Camila. Uma jovem alguns anos mais velha que ele. Uma mulher bonita, com olhar sagaz de raposa, da qual Lineu nunca soube nada além do nome: um nome de guerra.

ROMPIMENTO

Na casa dos Freutag nunca se discutia. Era tido como vulgar expor abertamente e com vigor as divergências de opinião. O consenso parecia reger a vida em família. Vez ou outra — e dependendo do humor de Hans — uma fina ironia sobre algum tema irrelevante também poderia ser aceita. No mais, o que prevalecia era o entendimento de quase todos os assuntos. Havia também as questões proibidas: conversas sobre sexo e drogas não tinham lugar naquele lar austero.

Embora Hans fosse um comunicador bem articulado, capaz de sustentar opiniões sobre negócios, economia e política com qualquer plateia, não tinha predisposição para o diálogo. Suas crenças e valores não eram passíveis de críticas. Nunca acolhia um ponto de vista diferente do seu. Certa vez um amigo psicanalista disse-lhe que seria prudente ouvir e ponderar sobre outras maneiras de ver as coisas. E ousou comentar que atitudes de intransigência poderiam revelar insegurança. Hans ficou furioso, encerrando a conversa dizendo que sua coragem em sustentar as ideias era a melhor prova de que estava seguro de suas opiniões.

Não havia no temperamento de Hans predisposição para sentimentalismos. Emoções e afetos ternos não combinavam com homens predestinados a vencer. O sucesso seria alcançado por uma conduta sem manchas, pautada por valores morais e firmeza de caráter. Hans considerava-se bom e honesto. Nas raras vezes em que teve de lidar com condutas menos éticas, o fazia por acreditar que era o meio para a realização de fins nobres.

Essa sua índole facilitou sua ascensão na esfera empresarial, mas tornou a vida em família cheia de dificuldades. Aquela reunião da igreja foi criticada por Hans como uma leviandade de Suely: "uma pura perda de tempo".

Depois do famigerado episódio, Lineu sentiu-se marginalizado. Embora fosse inabalável na busca de seus objetivos, revelou-se frágil quando percebeu que os vínculos afetivos com a família se esgarçaram. Em diversos momentos tentou a reconciliação. Obteve indiferença. Necessitava de acolhimento fraterno e foi encontrá-lo com Cadu. Confessou ao amigo que não queria mais morar com os pais. Este, depois de tentar convencê-lo do contrário, decidiu acomodá-lo em sua própria casa.

Também sofreu com o episódio Susana, a irmã. A moça, dois anos mais jovem, estava sendo preparada para um bom casamento, alguém de sua classe social; para isso, Suely, além do estudo formal, provia a filha com o que lhe pareciam ser os apetrechos necessários para essa categoria de enlace: cursos de boas maneiras, aulas de piano, estudo das artes clássicas e outros conhecimentos mundanos.

O ENCONTRO

A menina aceitava o jogo sem questionar as regras, mas não levava a mãe muito a sério. Ia seguindo a vida de adolescente sem pensar no futuro. Como a mãe, era considerada uma alienada política pelo irmão. A vida de extrema normalidade nunca submetera Susana a provações de natureza emocional. Mesmo os conflitos próprios da idade não abalavam seu jeito leve e solto de viver. A garota tinha perfil psicológico equilibrado, apesar de sua juventude enredada em futilidades.

No entanto, os acontecimentos familiares que se sucederam ao diálogo com os pastores fizeram despertar em Susana outra pessoa. A menina revelou dentro de si as primeiras marcas da mulher que viria a ser. Susana acompanhou, sem tomar partido, esses embates domésticos. Entre os envolvidos, foi quem se portou de modo mais ponderado e sereno. O pai poderia ser mais condescendente com Lineu. Afinal, o que fizera o rapaz não saía dos padrões de comportamento de um jovem em busca de sua própria identidade. Lineu — admitiu a garota — foi sarcástico e arrogante, mas Susana não compreendia por que o desastroso encontro com os religiosos virara assunto proibido. O que haveria de tão errado naquela conversa?

De política Susana pouco sabia. Marx, socialismo e derivados não faziam parte de seus interesses, por isso não via motivos para romper com o irmão. Embora ele a desprezasse por isso, sempre lhe teve afeto.

Certo dia, ao terminar as aulas, Susana se atrasou na companhia das colegas. Ao sair, avistou Cadu, que frequentava o período da tarde. Chamou-o efusivamente. As meninas, maliciosamente, não pouparam provocações. A garota rechaçou os comentários das amigas, mas percebeu que exagerara no entusiasmo com o moço. Algo para refletir depois. Naquele momento, Susana queria saber de Lineu.

Cadu voltou-se para o grupo das meninas, e viu Susana pedindo que se aproximasse. Apressou-se com o coração descontrolado. As amigas se afastaram.

— Cadu, que bom te ver! Tava querendo falar com você pra saber de Lineu. Ele tá na tua casa, né?

O moço não registrou a pergunta. A lembrança do primeiro contato com a garota e as emoções daquele dia ao lado dela no almoço turvaram sua mente. Do que Susana dissera, Cadu só guardou "que bom te ver", mesmo assim foi incapaz de responder com uma frase graciosa.

— Tô atrasado pra aula de química — balbuciou atônito, com um sorriso amarelo.

Susana, que já conhecia o jeito simplório e tímido de Cadu, pegou nas mãos dele.

— Cadu, acorda! Quero saber do Lineu.

Recomposto, sorriu, apertando suavemente as mãos dela.

— Ah! Sim... Lineu tá bem. Às vezes parece meio chateado, mas, quando fala dos projetos dele, recupera aquele jeitão de "dono da bola".

— O que ele falou do encontro com os pastores?

— Só disse que o clima esquentou e que queria dar um tempo.

— Sabe, o Lineu fala pouco das coisas dele, mas nunca briga com papai. E consegue tudo o que quer.

— É um jeito de se dar bem.

— É, mas papai sempre falou que Lineu seria o sucessor dele na empresa. Por que ele não disse que não queria?

— Comigo Lineu se abriu uma vez. Falou que essa não era a jogada dele.

— Mas isso não é motivo pra tanta confusão. Eu sinto falta dele. Não queria que ele ficasse longe da gente.

— Levo mais notícias, quando puder — comemorou Cadu, pressentindo que estava reabrindo o caminho à casa dos Freutag.

— Quando puder, não. Sempre. Você tá obrigado a visitar a gente. Com você, uma parte do Lineu volta pra casa.

∞

Nas semanas que se seguiram, Cadu cumpriu com obediência as ordens da moça. Aos sábados, almoçava com a família e falava das experiências do amigo. Assim, entre outras coisas, ficaram sabendo que Lineu lidava com grupos de operários; que seu trabalho consistia em mostrar a força que eles tinham; que usava a dramatização teatral para conscientizá-los. Nos relatos de Cadu aparecia sempre um Lineu confiante e feliz.

Os temas dessas narrativas eram obtidos durante as madrugadas, em que Lineu mantinha Cadu acordado, a falar como um missionário sobre a politização do operariado e sobre outras questões. As conversas ocorriam nas vezes em que Lineu aparecia em casa. Quando isso acontecia, as conversas compensavam as ausências nunca explicadas.

Cadu não contou a Lineu sobre as visitas regulares que fazia à família dele. Achava que ainda podia reconciliar as partes. Revelando a verdade, seria cassado como confidente, o que também poderia roubar-lhe Susana.

Os almoços de sábado nos Freutag eram prazerosos. A presença de Cadu parecia ter devolvido a rotina à família. Lineu, embora distante, era tema de muitos assuntos.

É verdade que Hans se aborrecera quando Cadu fez os primeiros relatos sobre o filho. Insultou os padres católicos, rotulando-os de anticristãos diabólicos. Culpou-os por estarem submetendo o país aos comunistas de Moscou e criticou-os por colocarem em risco o frágil sistema capitalista brasileiro. Aos poucos, entretanto, ouvindo as histórias narradas com ingênua jovialidade, Hans parecia se interessar pelo que fazia o filho, por evocar vestígios de um idealismo que ele próprio tivera na juventude.

Divagou, em certa ocasião.

— A mocidade muitas vezes é inconsequente. Eu mesmo tive meus momentos... acreditava ser possível mudar o mundo com ideias revolucionárias. São bobagens que a vida cura. Mas sem um pouco de sonho...

— Sabe, seu Hans, eu me senti culpado quando Lineu se bandeou lá pra igreja da Penha, mas agora eu me empolgo com as coisas que ele conta — falou Cadu com entusiasmo.

CAMILA

Durante semanas, as notícias giravam em torno dos mesmos assuntos, até que um fato novo saltou dos relatos, atiçando a curiosidade e levantando preocupações. A novidade era Camila. Cadu se animou ao definir os atributos físicos e intelectuais dela, como se ele próprio a tivesse conhecido. Mas, ainda que nada tenha dito sobre um eventual caso amoroso entre ela e Lineu, o que pairava no ar era, talvez, um romance entre ambos.

As reações à existência de Camila variaram. Hans, como homem, exultou ao constatar que o filho se encantara por uma bela mulher. Porém, como titular de um patrimônio respeitável, não admitia que "uma qualquer" pudesse ameaçar essa fortuna. A mãe, que alimentara o sonho de casar o filho com uma descendente da aristocracia paulista, viu sua fantasia diluir-se naquela estranha inteligente e de belo corpo. O que para Suely não eram atributos bastantes. Faltaria à moça berço, predicado integrante da certidão de nascimento. E de Camila só se conhecia o prenome. Em Susana, a revelação deu vida a um sentimento difuso que nutria por Cadu. Ela não ignorava que um namoro com ele escapava às convenções da família. Por mais que seus pais admirassem o rapaz, o faziam em circunstâncias especialíssimas, em que ele representava a única conexão com o filho ausente. Mesmo assim, decidiu encarar o desafio. Abandonou seu comportamento fraternal, deixando seu instinto feminino determinar as novas regras no trato com o rapaz.

Embora não fosse a melhor maneira de iniciar um romance, durante o almoço, enquanto Cadu se empolgava falando de Camila,

Susana chutou-lhe a perna. Esse gesto de ciúme não foi notado pelos pais, mas a cumplicidade entre os dois se estabelecera. Ele se surpreendeu com a reação da garota. Mas, ainda que desejasse ardorosamente, não sabia como lidar com as consequências daquele extraordinário acontecimento.

Como era de hábito nesses encontros semanais, após o almoço Cadu era levado por Hans para a biblioteca, onde ficavam a conversar sobre vários assuntos, sobretudo os relacionados com os negócios do velho. A mãe se dirigia aos seus afazeres domésticos e a garota seguia para o quarto. Naquele sábado, no entanto, a rotina foi quebrada por iniciativa de Susana.

Mal terminara a refeição, alegando um motivo qualquer, tirou o amigo de casa e o levou a um passeio pelo jardim. Permaneceram calados por um instante, que ao jovem pareceu uma eternidade. Ele queria falar, mas temia não controlar o rumo de uma declaração apaixonada. Frases entaladas estavam a sufocá-lo. Salvou-o Susana, serena e dona dos movimentos nesse jogo. Colocou, então, em marcha um ritual de sedução, divertindo-se com a timidez de Cadu.

— A Camila é bonita? — provocou.

— Eu não conheço ela — respondeu, medindo as palavras.

— Mas você parecia impressionado — retrucou, fingindo-se aborrecida.

— Foi seu irmão que disse.

— Disse o quê?

— Que ela era bonita e inteligente.

— Você me acha bonita? — perguntou, depois de uma pausa para estudar o lance seguinte.

— Acho — respondeu, economizando palavras para não mostrar descontrole.

— Só isso? — disparou, zombando da falta de jeito dele.

— E você acha pouco?

— Pensei que você também gostasse de mim — desmanchou-se com docilidade estudada.

Cadu estremecia, mas teve forças para levar suas mãos em direção às de Susana. Ergueu-as e beijou-as com afeto. Ela retribuiu o gesto com um sorriso e cedeu aos movimentos do rapaz, que a puxava em sua direção. Aproximaram-se até que se tocassem. Sentiram seus hálitos, suas formas e o calor dos corpos. Intuíam que estavam atravessando uma nova fronteira na longa caminhada da experiência humana. A partir daquele momento, a linguagem que se estabeleceu entre eles iria utilizar-se de outra sintaxe. Permaneceram assim, unidos, pelas sensações que só os enamorados sabem decifrar. Até que selaram aquele entendimento com um afetuoso beijo.

Susana foi a primeira a falar. Sabia que aquele era o momento de dar perspectiva ao que ali brotava. E sabia também que pouco poderia esperar do parceiro. Ele estava absorto no sonho que lhe parecera impossível, e ainda não se dera conta da dimensão do que acontecia entre eles. Cadu estava em Andrômeda, contando as cinquenta e nove estrelas da constelação. Queria trazê-las todas para Susana.

— E eu pensei que você fosse tímido! — suspirou a moça.

Um rubor tomou a face do rapaz, denunciando o desequilíbrio em que se encontravam suas emoções. Essas circunstâncias não permitiam que ele articulasse frase com algum sentido.

— As estrelas também não falam — balbuciou Cadu, ainda em órbita, aventurando-se em uma explicação para o próprio silêncio.

— Mas brilham e aquecem — declamou Susana.

— Eu gostaria que elas estivessem no chão "para tu pisares, distraída", como diz aquela velha canção — emendou, tentando voltar ao planeta Terra.

— Ah! Eu adoraria entender as estrelas! — murmurou Susana, enternecida com o súbito romantismo de Cadu.

— "Amai para entendê-las", como disse Bilac — encerrando ali a série de versos inspirados nos astros, porque seu estoque do gênero esgotara-se.

Mais também não seria necessário. Susana já estava enfeitiçada.

BOAL

Não demorou muito para que Lineu se distinguisse como um líder de grande poder de articulação na Comunidade em que atuava. A experiência que lá vivia era rica de significados. Sua existência, até então sem propósitos, ganhou densidade. O entusiasmo com que abraçara a causa aguçou-lhe a criatividade. Suas ideias para as ações de conscientização eram originais. Muito lhe ajudaram os contatos com o grupo de Augusto Boal, que fazia o "teatro do oprimido". Lineu incorporou no seu trabalho as técnicas de usar o teatro como meio de expressão popular para a formação de consciência política.

Acompanhava Eustáquio o progresso de Lineu. Apreciava a dedicação e a inventividade do rapaz. Frequentemente, convocava-o para expor suas ideias de mobilização das massas proletárias.

Lineu também gostava de Eustáquio. Tinha-o como seu alter ego. Habituara-se a procurá-lo sempre que punha em prática alguma técnica inovadora. Fazia-o para se vangloriar de suas habilidades, mas também com o propósito de aperfeiçoar o método.

— Boal diz que o teatro está dentro da gente — comentou Lineu em uma das conversas com Eustáquio.

— Dito assim, parece apenas uma frase de efeito. O que mais ele diz?

— Bem, eu acho que ele quer dizer que não devem existir barreiras entre o espectador e o ator.

— Já é um progresso. E o que mais?

— Que o protagonismo pode ser transferido do palco para a plateia.

— Muito bom! Mas parece um enunciado acadêmico.
— Padre, eu estou querendo dizer que isso pode ajudar a nossa missão.
— E qual é a nossa missão? — provocou, zombando do tom solene de Lineu.
— Despertar a indignação dos oprimidos e levá-los à luta pelos seus direitos. Fazer deles agentes ativos dessa luta.
— A nossa missão é levar a palavra de Cristo — respondeu Eustáquio com tom grave.

Os parâmetros cristãos impostos pela Igreja incomodavam Lineu. Embora seu trabalho fosse levar uma mensagem marxista à massa operária, deveria fazê-lo como se Marx estivesse a serviço de Jesus Cristo.

Ele compreendia a necessidade de acomodar as contradições, mas não perdia tempo com isso. Os teólogos progressistas que se entendessem. Apenas se aborrecia com a necessidade de adaptar o seu discurso político à retórica exigida pela Igreja. Por isso, nos debates com o padre, parecia que sempre chegariam a um impasse. Mas, por concordarem na ideologia, encerravam os argumentos à mesa da cantina, com vinho, celebrando o entendimento.

Não foi fácil para o burguês Lineu conquistar a confiança do padre dos pobres. Mas o rapaz ganhou o religioso com um estilo de trabalho que estimulava as pessoas humildes a questionar suas condições de vida, e sobre quanto havia de injustiça na maneira como elas viviam. Esse método fora desenvolvido pelos teóricos das Comunidades, mas Lineu deu brilho a ele, incorporando técnicas de Boal.

O padre levou esse modo de proceder aos demais grupos da paróquia. Assim, o jovem consolidaria sua liderança na organização, ocupando-se da formação de novos líderes. Foi nessa condição que recebeu uma nova militante, encaminhada por um sindicalista amigo do padre, para ser agente pastoral.

A tarefa de Lineu era preparar a moça para um trabalho em Marabá, no Pará, onde um grupo de militantes havia se instalado para dar assistência aos moradores pobres da região. Nesse trabalho haveria de ser incluída também uma atividade de conscientização política para a transformação da realidade em que viviam. Eustáquio acreditava que isso poderia ser feito nos moldes das Comunidades Eclesiais de Base.

Com entusiasmo, Lineu recebeu a missão, porque seu trabalho começara a extrapolar os limites de São Paulo, adquirindo dimensão nacional. Camila — a moça — apresentara-se como estudante de biologia, interessada na Região Norte. Queria atuar nos projetos para a defesa dos povos da Amazônia. Marabá parecia o lugar certo para estar naquele momento.

A jovem — como muitas da sua época e de seu perfil ideológico — ostentava um estudado descuido com a aparência. Por isso, Lineu ainda não percebera sua beleza. Assim, tratou-a como militante assexuada, com disciplina e têmpera socialista, na preparação para a luta em prol da salvação do Brasil.

No entanto, o convívio amoleceu a rigidez marxista, derretendo-a finalmente no calor de um encontro lascivo em um galpão da chácara de Eustáquio, onde havia uma pequena adega. Mas não se deve culpar Baco pelo que sucedeu. Camila não tomava vinho, por considerá-lo bebida burguesa.

Também não estava atrás de um envolvimento romântico convencional. Para ela, o casamento atenderia aos interesses do grande capital e das potências imperialistas para explorar os povos oprimidos. A ascensão do feminismo, portanto, estaria a serviço da revolução socialista, e representava as forças progressistas que iriam mudar o mundo.

Com a incumbência de fazer de Lineu um instrumento de luta, Camila começou o seu trabalho utilizando as ferramentas femininas de sedução.

Mal saído da adolescência, sua experiência de vida era limitada. De mulheres e de sexo pouco sabia. Camila, por outro lado, já tinha sido amante de um padre engajado em movimentos sociais, além da experiência homossexual com uma colega de escola. Em ambos os casos, ela pretendeu marcar posição política. Com o padre, para contestar o celibato e desmoralizar a ala conservadora da instituição católica. No caso da colega de escola, para questionar a hegemonia do homem como opressor da liberdade de escolha feminina. O sexo era instrumento a serviço da ideologia. Não queria macular seus ideais reformistas com sentimentos afetivos. Era um exemplo de mulher em sua pureza revolucionária. Lineu cedeu, mas desgovernou-se na experiência que viveria. Ela era brilhante e articulada. Suas análises políticas pareciam estruturadas e providas de lógica para um jovem que não se atribuía capacidade em elaborá-las com a mesma destreza. Esse sentimento de inferioridade induziu-o a desenvolver uma admiração mística pela companheira, como se ela fosse uma profetiza da doutrina redentora dos novos tempos. Camila percorria os conceitos marxista-leninistas com a desenvoltura dos iluminados. Citava as experiências socialistas da União Soviética, da China e de Cuba com o entusiasmo de uma beata. A abnegação dela pelo ideal revolucionário revelou uma mulher entregue às suas causas, e Lineu acreditou que ele fosse uma delas. No fogo dessa crença, sucumbiu tomado pela paixão.

A LUTA ARMADA

As relações amorosas seguiam seu curso e pouco afetavam as atividades políticas. Eustáquio, entretanto, que inicialmente aprovara a união, passou a suspeitar que Camila tivesse propósitos paralelos e diversos dos abraçados pela Igreja. Isto porque chegou ao conhecimento do religioso que a ação política a que ela estaria engajada não teria ligação com o movimento social de Marabá, conforme declarara. Seus verdadeiros interesses estariam ligados a um grupo de São Paulo, cuja ligação com outro do Rio de Janeiro iria resultar em uma ação guerrilheira não revelada. Eustáquio não aprovava as ações que envolviam a luta armada. Com essa suposição em mente, procurou Lineu para que esclarecesse o assunto com a moça.

Ele, no entanto, duvidara da história do padre. Não imaginava Camila utilizando-se de violência. A despeito do que já sabia, não poderia supor que ela radicalizasse seus métodos a ponto de pegar em armas. Embora tivesse conhecimento de que movimentos armados estavam tomando corpo em vários pontos do país, não acreditava que Camila fosse unir-se a eles. Lineu tinha a convicção de que o marxismo poderia ser atingido pela via democrática. Imaginava que um povo esclarecido e consciente escolheria livremente o socialismo como a melhor e mais justa forma de governo. Na sua avaliação, a luta armada só seria uma opção depois de esgotados os recursos legais para a tomada do poder. E esse ponto ainda não havia chegado.

Nas conversas com Camila sobre estratégias de conquista de poder parecia-lhe que ela assim também pensasse. Por isso, não entendia essa eventual guinada em direção à violência. Decidido a passar esses pensamentos a limpo e tentar desvendar as suspeitas do padre, questionou a companheira.

— Quando você parte pra Marabá?

Camila, que estava sentada na cama, de costas para Lineu, e acabando de abotoar a blusa, tinha como inevitável essa pergunta. Sabia que a qualquer momento aquele homem estaria a prospectar os próximos passos dela, mas era claro que quando e para onde fosse contaria com a companhia dele.

— Não vou pra Marabá. Minha missão é outra. Vou ajudar a sequestrar um embaixador no Rio — respondeu sem rodeios.

— Mas o que você veio fazer aqui na igreja?

— Precisamos de militantes, e eu vim recrutar aqui. Você vem comigo, e vamos levar mais quatro ou cinco.

— Você enlouqueceu? Por que você acha que essas pessoas vão desistir do que estão fazendo?

— Porque nós vamos convencer elas de que pela via da legalidade não se chega a lugar algum. Com as armas vamos fazer a revolução e transformar este país. Vamos entrar pra História.

Na verdade, Lineu não precisava de muita argumentação para ser convencido a fazer o que ela desejasse. Mas havia os outros. E a escolha desse pequeno grupo teria de ser cuidadosa para que nada vazasse.

Depois de alguns dias de reflexão e de diversas tentativas de demovê-la de sua ousada e arriscada empreitada, Lineu cedeu, e incumbiu-se de eleger os companheiros que pudessem melhor responder ao chamamento dela. Ele relacionou cinco agentes pastorais que lhe pareciam descontentes com a morosidade do processo adotado pela Igreja. Reclamavam da orientação de Eustáquio para que as ações não extrapolassem as regras do jogo vigente. Esse grupo acreditava que já havia um cenário de guerra, com suas tropas de ocupação instaladas: a elite burguesa capitalista e opressora. Libertar a massa proletária oprimida desse algoz poderoso exigiria uma reação à altura dessas forças.

Lineu sabia que acompanhar Camila na luta armada seria um passo sem volta. No ponto em que se encontrava ainda era possível um retorno ao convívio da família e dos antigos amigos. No entanto, ao cruzar aquela fronteira estaria aderindo ao avesso do mundo de seus pais, no qual não haveria lugar para reconciliação. Ainda assim, embalado pelo ideal socialista e pelo feitiço de Camila, aliciou o grupo de descontentes e partiu para a clandestinidade da "luta revolucionária pela libertação do proletariado subjugado pelo calabre do capitalismo burguês", nas palavras da moça.

BILHETE

Na casa dos Freutag, Camila era referida por Cadu como amante de Lineu. Queria reforçar o caráter precário da união, pintando um quadro distante dos padrões sonhados pela mãe. E o fazia para não criar esperança de que da relação sairia uma família tradicional.

Confusa com aquela paixão, Suely, como mãe, gostaria de conhecer a moça, mas ao mesmo tempo repelia esse desejo por não suportar a ideia de que ela era a amante do filho. Na escola das freiras carmelitas em que estudou foi ensinada a associar essa palavra a termos como amásia e concubina. Perguntava-se com angústia e desespero: "O que vou falar aos meus parentes e amigos sobre a presença dessa mulher na vida do meu filho? O que vão dizer do Lineu? Um jovem educado por uma família de respeito, vivendo com uma amásia, em pecaminoso concubinato".

Na vida daquela família, Camila era uma mancha. Hans e Susana também não estavam confortáveis com a natureza do relacionamento. O embaraço chegou ao ponto de Cadu ser impedido de falar dela naquela casa. Os Freutag preferiram ignorar a relação, como se, assim, o pecado deixasse de existir.

Houve dia, porém, em que o silêncio tivera de ser rompido por causa de um bilhete em um pedaço de papel amarfanhado e deixado na casa de Cadu, em que se lia: "Meu querido amigo, fui chamado pela guerra. Aceitei a convocação pelos fatos, pelo povo, pelo Brasil e por Camila, mas sofro pelos meus pais e por Susana. Não me abandone. Entro em contato quando puder. Nada mais posso dizer".

Naquela época, por causa da censura, pouco se sabia dos movimentos de esquerda. A chamada luta armada não era conhecida da maioria da população. Nesse contexto, o bilhete, aos olhos dos Freutag e mesmo de Cadu, apresentava-se com uma mensagem nublada por um véu de mistério. Que guerra seria essa? De onde viera tal convocação? Apenas uma coisa era clara: Camila comandava a vontade de Lineu.

∞

Ainda que não a aprovasse, Hans sabia da relação de Cadu com Eustáquio. Mas entendeu que deveria buscar uma aproximação com o padre por ele ser a primeira ponta visível dessa meada de acontecimentos embaraçosos.

— Você peça ao seu amigo padre para que venha à minha casa imediatamente, hoje. Não importa a hora. Mando buscá-lo agora.

— Seu Hans, eu acho que a gente devia ir lá na igreja dele. É melhor a gente pegar ele de surpresa. Nós não sabemos se ele está envolvido nisso. Ele é da paz, mas faz tempo que eu não ando por lá. Não sei se as coisas mudaram.

— Como vamos saber se esse homem está lá agora?

— Só quando a gente chegar é que vai saber. E vamos de táxi. Nada de carro de luxo, pra não chamar a atenção.

Conhecedor do temperamento do futuro sogro, Cadu sabia que, transtornado, ele não iria tomar uma boa decisão. Além disso, tinha conquistado a confiança e a admiração dos Freutag. Seu namoro com Susana o fez presente nas atividades da família. Suas opiniões eram ouvidas e algumas acatadas. Superou também o complexo de inferioridade.

Com essas credenciais, Cadu dialogava com Hans como igual, sem que Hans se sentisse ofendido ou desrespeitado.

∞

O táxi estacionou em frente ao salão paroquial. Toparam com o padre à entrada do salão, em trajes comuns, aparentando preocupação. Este se surpreendeu com os recém-chegados, que estavam inquietos. Cadu se esqueceu de apresentar Hans ao padre. Atropelando as formalidades, sacou de seu bolso o bilhete de Lineu e entregou-o a Eustáquio com uma atitude de quem esperava explicações.

Sem se dar ao trabalho de ler, Eustáquio os conduziu à sua sala privativa no interior do templo, pediu ao sacristão para não ser interrompido e fechou a porta.

— Suponho que o senhor seja o pai do Lineu. Imagino a sua dor e desespero pelo que aconteceu com ele.

— O senhor me desculpe, mas não estou aqui para ouvir ladainha de padre comunista. Quero o meu filho de volta, imediatamente — retrucou com agressividade.

— Caro senhor, eu também estou surpreendido e chocado. Não me tome por responsável por essa decisão de Lineu. A Igreja Católica condena a violência como arma política. Nossa missão é de paz — defendeu-se Eustáquio.

Mais controlado, Hans ainda ouviu do religioso o que este sabia sobre o episódio. O padre contou que chegara ao seu conhecimento uma notícia dando conta de uma ação da ALN em conjunto com o MR8 em que Camila estaria envolvida. A sua fuga, junto com Lineu e mais cinco agentes das Comunidades, o fazia supor que estavam todos engajados nessa operação.

— Padre, o senhor e eu somos de mundos opostos. Professamos crenças religiosas diferentes e, principalmente, temos posições políticas antagônicas. Ainda assim, nada neste mundo de Deus é mais forte que o meu desejo de confiar em alguém para ter o meu filho de volta. E, infelizmente, neste momento o senhor é tudo o que eu tenho.

— Gostaria de não desapontar o senhor, mas eu não tenho o poder de fazer Lineu reaparecer.

— Muito bem, o que são essas siglas cheias de letras e números? O que querem esses grupos? Quero saber quem são meus inimigos.

— São organizações que militam na resistência ao regime. Utilizam a luta armada e a guerrilha como instrumento de ação política.

— E quem está por trás desses bandos de criminosos? — perguntou Hans irritado.

— Não são criminosos. São brasileiros que lutam por um país melhor. Seus métodos é que podem ser discutidos, não a sua causa.

— E por que causa querem lutar?

— Pelo fim do regime militar e a libertação do povo oprimido.

— Os militares são pela ordem e pelo progresso desta nação. Ao contrário, esses grupos querem a baderna e a violência — contestou Hans.

— Não quero defender esses grupos, mas a violência também é utilizada pelo inimigo.

— Seus inimigos. Minha relação com os generais é boa, e eu aprecio o patriotismo deles por impedirem que o Brasil se desmanche nas mãos dos comunistas.

À sua frente, Eustáquio tinha um homem transtornado pelo destino do filho e, abandonando as diferenças ideológicas, procurou trazer paz àquela alma em desespero. Prometeu que utilizaria seus contatos para ter notícia do filho e que se o encontrasse tentaria demovê-lo desse envolvimento com a guerrilha.

— Lineu está cego de paixão por Camila — concluiu o padre.

Depois do encontro com o religioso, Hans não sossegou o espírito, mas abrandou seu sofrimento ao perceber que não foram as convicções políticas radicais que lhe tomaram o filho. Perdera-o para uma mulher endiabrada e sedutora. Pensando assim, culpava-se menos pelas escolhas ideológicas dele, contudo seu desprezo por Camila tornou-se doentio.

COOPERAÇÃO

"Terroristas raptaram Elbrick", era a manchete do jornal *O Estado de S. Paulo* do dia 5 de setembro de 1969. O texto informava que o embaixador norte-americano no Brasil, Charles Burke Elbrick, fora raptado às 13h40min do dia anterior por terroristas, numa via pública do Rio de Janeiro. Dava conta também de que no carro de onde o embaixador fora retirado foi encontrado um documento assinado pela Ação Libertadora Nacional e pelo Movimento Revolucionário 8 de Outubro.

As siglas dos grupos guerrilheiros mencionadas por Eustáquio ainda bailavam na mente de Hans quando este se deparou com a notícia do sequestro. Restava-lhe descobrir se Lineu estivera envolvido.

As consequências desse episódio, e seu potencial de arruinar a vida do filho, de sua família, e também os seus negócios, recomendavam cautela, por isso evitou recorrer de pronto aos amigos poderosos. Não queria acionar seus contatos no governo antes de saber o grau de envolvimento de Lineu no episódio.

∞

Eustáquio mantinha em suas Comunidades de Base um serviço de atendimento à saúde destinado aos pobres, que era prestado por médicos simpáticos aos ideais da Teologia da Libertação. Trabalhavam sem remuneração, por simpatia à causa. Entre eles havia um que atendia também militantes da luta armada feridos em combate. Ninguém sabia disso, além do padre.

Algumas semanas depois do sequestro, Eustáquio foi informado por esse médico que alguns ex-agentes pastorais das Comunidades andavam metidos com os militantes que sequestraram o embaixador. Havia uma Camila e um tal "Alemão", que pela descrição parecia ser Lineu, além de mais quatro ou cinco jovens, dos quais o médico não sabia o nome.

As circunstâncias fizeram Hans se tornar próximo do padre. Apesar de evitarem ser vistos juntos, comunicavam-se com frequência por telefone, tratando-se mutuamente pelo primeiro nome, sem a animosidade dos primeiros contatos.

— Eustáquio, seu informante tem conhecimento do papel de Lineu no sequestro do embaixador? — perguntou Hans, falando de um telefone público, como era seu hábito nesses contatos.

— Segundo a fonte, não foi exposto ao combate. Seu trabalho é planejar e obter recursos para as ações.

— Ele não pegou em armas?

— Até agora não, mas, pelo que dizem, Camila já foi convocada para a luta na rua.

— Queria meu filho como estrategista da minha empresa, não da luta armada. Eduquei Lineu pra servir aos inimigos! ... De qualquer forma, fora das ruas, está mais protegido.

— Não se iluda. Estão dando um tempo pra ele se preparar. Logo vão botar uma arma nas mãos dele.

— Então, vamos ter de agir rápido pra impedir a tragédia.

Explicou Eustáquio que naquela circunstância ele não poderia fazer nada, mas que procuraria o médico mensageiro para uma conversa a três. Julgava que o doutor não se oporia ao diálogo porque ele não era um militante radical. Tinha simpatia pelo idealismo dos jovens, mas seu envolvimento era apenas de caráter humanitário. Saberia entender a dor de um pai em desespero.

Era surpreendente observar a cordialidade com que esses homens, em tudo antagônicos, se tratavam. Identificavam-se no sentimento comum de apreço a Lineu. O pai lamentava a perda do filho para as forças do atraso, além do pavor de vê-lo tombado em uma escaramuça com a polícia; o padre afligia-se por ter convicção de que, pelo caráter do rapaz, não se adaptaria às estratégias da guerrilha. O religioso era um homem de esquerda. Acreditava nas virtudes do marxismo com Cristo da Teologia da Libertação, mas também conhecia os temas que levaram alguns grupos a optar pela luta armada. Lera o manual da guerrilha de Marighella, por isso conhecia a crueza e a violência dos seus métodos na luta revolucionária. Não os louvava, mas respeitava a causa.

O empresário e o padre concordaram em cooperar para ter Lineu de volta, mesmo que esse regresso não chegasse até a casa materna. Na verdade, o pai já se daria por satisfeito com o retorno do filho ao círculo de influência de Eustáquio, um homem de quem aprendeu a discordar com respeito.

Por causa desse bom entendimento, o religioso sentiu-se seguro em aproximar Hans do médico mensageiro. Terminaram a conversa telefônica depois de combinar um encontro dos três no dia em que o doutor faria seu plantão na paróquia. Concordaram que seria mais seguro não alterar a rotina do médico para não despertar suspeitas desnecessárias. Hans deveria chegar de ônibus, vestindo uniforme de trabalhador, e o encontro não poderia se estender por mais de 20 minutos, o tempo de uma consulta.

∞

Eustáquio não se conteve ao ver Hans chegar à igreja em trajes de operário.

— Homem, você veste esse figurino com muita pose. Parece um líder proletário — provocou o padre.

— Vou fazer carreira sindical. Se a esquerda chegar ao poder, quero ser ministro — zombou Hans.

O doutor os aguardava na sala de atendimento. Por segurança, concordaram em não revelar seus nomes. Isso se tornara possível porque Eustáquio avaliava esse encontro como depositário da confiança de ambos.

— Doutor, preciso que me ajude a tirar meu filho dessa famigerada ALN — disse Hans.

— Meu caro, eu sei de seu sofrimento, mas não posso fazer muito pra aliviar a sua dor.

— Não vou pedir muito. Só quero que você faça chegar a ele meu apelo pra que volte pra casa.

— Meus contatos com os militantes da ALN são restritos ao atendimento médico. Não sei se posso fazer chegar ao seu filho a mensagem com a eloquência necessária.

Eustáquio, que ouvia a conversa, deu uma sugestão a Hans: gravar uma fita cassete, pedindo que o filho voltasse, reconhecendo a intolerância às escolhas do moço e prometendo apoio a qualquer opção política, desde que fosse pela via democrática.

A peça gravada resultou eloquente e sincera, e concluía: "Meu querido filho, a democracia está muito distante de ser um sistema perfeito de organização da sociedade, mas não há solução fora dos seus limites porque ela é o único sistema capaz de corrigir os seus próprios erros".

ESTRATEGISTA

Quinze presos políticos foram libertados como resultado do sequestro do embaixador, o que deu projeção nacional à ALN, alimentando a autoestima e a confiança dos militantes. A derrota infligida aos militares reforçou a tese de seus dirigentes de que o vetor do crescimento do grupo era a ação revolucionária, não a atividade de políticos simpáticos à causa, tampouco a produção de textos acadêmicos. Nada seria mais eficaz que as ações de rua para desmoralizar o inimigo e ainda render dividendos políticos e financeiros. Sequestros e assaltos a bancos e a carros de transporte de dinheiro seriam, portanto, as opções estratégicas de consolidação do empreendimento terrorista. Quanto mais ações guerrilheiras bem-sucedidas, mais respeito a organização teria, além de robustecer o seu caixa com "o produto da expropriação patrimonial imposta à elite burguesa", como eram tratados os roubos.

A fita cassete chegara ao "aparelho" em que vivia Lineu no momento em que este planejava o assalto a um carro pagador. Os dirigentes já tinham percebido a fragilidade dele para as ações de rua. Atribuíam à sua origem a falta de apetite para o confronto armado. No entanto, reconheciam sua capacidade de planejar e de enxergar, como um bom enxadrista, os desdobramentos das ações depois do primeiro ataque.

Quem recebeu a fita foi Camila, com a recomendação de fazê-la chegar até o "Alemão". A moça ouviu a gravação e destruiu-a imediatamente. Lineu só teve conhecimento dela no leito de morte do pai, mais de quinze anos depois. A companheira jamais mencionaria a sua existência durante o tempo em que estiveram juntos. E fez mais: dias depois de tê-la recebido, procurou o portador da mensagem, incumbindo-o de levar de volta uma falsa resposta — expressa em um bilhete datilografado por ela, passando-se por Lineu — numa linguagem seca e curta em que pedia para ser esquecido.

No entendimento de Camila, a missão, em fase de planejamento, não poderia ser prejudicada. Sendo Lineu o autor, seu estado de espírito deveria ser poupado de aborrecimentos familiares. A causa socialista estaria acima dos interesses pessoais. Assim, agiu em favor do companheiro, protegendo-o de sentimentos pequeno-burgueses.

Lineu elaborou o plano de assalto ao carro-pagador com o rigor de um estrategista. A escolha do território levou em conta o potencial de "confisco" econômico da região; as vias de fuga; a intensidade do tráfego; a circulação de pessoas no local; o contingente de militantes necessários e o papel de cada um no assalto; o ensaio da operação e todos os demais aspectos envolvidos na operação. Como bom aluno em matemática, construiu uma complexa equação que ponderava as variáveis todas com o propósito de obter o maior ganho financeiro com o menor risco. Nesse cálculo, considerou também a repercussão na mídia, apesar das restrições impostas pela censura aos meios de comunicação.

O projeto foi levado aos seus superiores. Tratava-se de uma intervenção armada com características cirúrgicas, com um enredo elegante, movimentos precisos e rápidos. Ao mesmo tempo, pela alta soma em dinheiro a ser "desapropriada", seria uma ação de grande impacto.

O PLANO

O carro-forte costuma deixar a sede da empresa às 10 horas da manhã, com dois homens armados no compartimento de comando do veículo. No compartimento de carga, mais três agentes também armados. Todos portam fuzis M16 e uma Mauser 712, menos o motorista, que tem apenas a Mauser. Usam calças e camisas azuis e colete à prova de balas. Eles mal se conhecem, e sabem da tarefa no próprio dia.

Nosso homem é um deles e está quebrado. Dívida de jogo. Frágil e vulnerável, aceita colaborar com a nossa causa em troca de dinheiro e proteção. Vamos tratá-lo por Charles.

O veículo estaciona em frente à entrada do banco. Os homens do compartimento de comando permanecem em seus postos. Da cabine de carga saem dois agentes armados em direção à agência bancária. De lá retornam com os malotes de dinheiro. No interior da cabine de carga permanece um homem, também armado, esperando o retorno dos outros. A porta da cabine se abre, o agente deixa o veículo, de arma em punho, para recepcionar os colegas pelo lado de fora. Entra primeiro o chefe com os malotes, depois os outros dois.

O carro-forte parte para entregar o dinheiro na empresa. A rotina é a mesma, com a diferença que, desta vez, o dinheiro faz o percurso contrário.

Charles costuma tomar café com os companheiros em um bar ao lado da transportadora. Colado a ele há uma residência desocupada que pode ser alcançada por uma porta, onde está afixado um alvo para atirar dardos.

No dia do assalto, Charles leva seus colegas ao café. Nesse dia, só vão os companheiros que estarão com ele no compartimento de carga do veículo. No imóvel ao lado, temos nosso pessoal pronto para capturar os agentes, quando ouvirem os ruídos dos arremessos dos dardos.

Os agentes sequestrados são dopados e despachados para um esconderijo seguro. Seus uniformes e crachás vão ser utilizados por dois dos nossos. Ainda na casa, Charles vai informar os endereços e a rota do veículo.

Charles retorna ao seu posto de trabalho já com os nossos companheiros uniformizados e embarca com eles no carro-forte, ordenando a partida do veículo. A operação segue até o ponto em que o veículo parte com o dinheiro, depois de este ter sido sacado do banco.

No interior do veículo nossos homens trocam os uniformes da transportadora por trajes de operários de manutenção da rede de eletricidade pública, confeccionados para acomodar o dinheiro do roubo na parte interna da roupa.

Os três homens deixarão o carro-forte pela porta de trás e serão resgatados.

— Sem tiro, sem violência — comentou o mais experiente dos militantes, assim que Lineu terminara de fazer a leitura do plano.

— E o dinheiro é da elite burguesa, em benefício dos pobres e oprimidos — orgulhou-se o autor.

Considerado uma importante conquista do movimento, o casal gozava de prestígio, mas era Camila que se apresentava aos olhos dos dirigentes como uma guerrilheira autêntica, corajosa, devotada à causa e desprovida dos escrúpulos burgueses que ameaçavam o cumprimento das ações quando estas exigiam métodos violentos.

Tido como um "estrangeiro", Lineu era acusado de usar a retórica marxista com o "sotaque" das classes dominantes. Mesmo assim, ainda não despertava suspeita. Seu jeito formal de agir nas reuniões, como se estivesse dando expediente em uma firma multinacional, era motivo de chacota. E pensavam: um traidor infiltrado não utilizaria tal padrão de comportamento. A restrição que limitava seus passos estava ligada aos conflitos éticos demonstrados nos debates sobre os métodos violentos da guerrilha. Por isso, sua exposição às ações de rua era evitada.

Camila precisou intervir para que Lineu fosse designado um dos motoristas na ação da qual ele próprio fora o estrategista. Pesou a seu favor a qualidade do plano, mas foi a firmeza de Camila na defesa do companheiro que deu substância à decisão de mandá-lo para o confronto. Camila ponderou que essa era uma maneira de saber de que lado Lineu estava.

A CARREIRA

Havia consternação na mansão dos Freutag. A recusa do filho de retornar à família deixava tristeza, mas o curso que a vida impunha, aos poucos, trouxe a normalidade de volta. E o que parecia difícil tornou-se um bem-sucedido romance entre Susana e Cadu. O passar do tempo dava densidade à relação do casal. A harmonia entre eles era notória. Os pais, que não queriam um enlace da menina com um filho de operário, curvaram-se aos encantos daquela experiência. A família burguesa desejada para a filha estava para se materializar pela fusão com o sangue de um proletário. "São misteriosos os desígnios de Deus", diria Eustáquio.

À sua maneira, Cadu tinha conquistado a confiança do futuro sogro. Este lhe prometera ajudar nos estudos em boa faculdade e sugeriu-lhe abraçar carreira em administração e finanças. Visava preparar o rapaz para os negócios da família desde que não mais pensava em ter o filho como seu sucessor. Ele concordou e começou a se preparar para os novos desafios. Hans levou-o para a empresa e deu-lhe tarefas subalternas para que ele iniciasse seu treinamento como futuro gestor dos negócios, se assim o merecesse por competência.

Os pais de Cadu não viam com bons olhos essa aproximação do filho com uma família de classe muito superior à sua. Não entendiam o processo da evolução social do menino. Seu pai, durante um tempo, passou a tratá-lo por "burguesinho", o que aborrecia o rapaz. A mãe não sabia se agradecia a Deus pelo destino do filho ou se devia temer aquilo como coisa do Diabo. No entanto, com o tempo, essas turbulências familiares foram diluindo-se, e o convívio das duas famílias entrou num processo de normalidade.

Por diversas vezes, Suely instou Hans a dar ajuda financeira à família Silveira para disfarçar sua condição social. Ela era mulher sensível à opinião alheia, e temia os maledicentes: pessoas da antiga aristocracia paulista habituadas a desprezar os que não seguissem as regras de sua pretensa nobreza nas questões conjugais. Ela mesma já fora vítima dessas línguas quando se casou com um filho de imigrante. A atenuante foi que no seu caso o futuro esposo já era rico, o que confortava os empobrecidos quatrocentões.

Pouco dado às superficialidades da vida social, mas cansado de ouvir os apelos da mulher, Hans decidiu dar emprego a Gisberto, pai de Cadu, em sua empresa, oferecendo-lhe um trabalho burocrático em que era obrigado a comparecer de paletó e gravata. Ao aceitar o trabalho, o homem deixara de usar seu uniforme de operário de que tanto se orgulhava, mas que se apresentava desajustado às esquisitices de Suely.

Ela imaginava o dia em que fosse receber seus convidados da alta roda social e tivesse de incluir Cadu e seus pais entre eles. Não poderia suportar a deselegância proletária dos Silveira. Para contornar esse inconveniente, passou a presentear o futuro genro e seus familiares com roupas adquiridas nas melhores casas ou confeccionadas por renomados alfaiates.

Dessa intromissão da futura sogra Cadu não gostou, mas entendeu a preocupação, e aliou-se a ela na difícil batalha de convencer os pais a aderir ao novo jeito de trajar. No início, o pai esbravejou, decretando que com ele "nenhuma burguesa metida ia mexer", mas, por insistência de Neusa, foi cedendo até se conformar com o novo estilo. Evitava usar o novo guarda-roupa nos eventos do sindicato, mas não se envergonhava mais em andar bem arrumado nas ruas da vizinhança.

Depois de aceitar a transformação social do filho, com a ajuda de uma amiga que lhe assegurara ser isso obra de Deus, Neusa estava no céu. Agradecia ao Senhor pela sua infinita bondade. Ajudava os pobres, rezava infindáveis terços, fazia novenas, promessas, tudo para retribuir a graça recebida.

Para tornar os Silveira coadjuvantes em suas festas, sem deixá-los isolados, Suely se lembrou de Emílio, um tio que vivia no interior. Passou a convidá-lo para fazer companhia aos futuros sogros da filha nos eventos em que eram convidados. Suely não errara ao supor que o tio iria simpatizar com eles. Aproximaram-se imediatamente.

Gisberto fora operador de um tipo de prensa que, por um defeito de projeto, fazia um movimento conhecido como "coice". Esse problema não causava risco ao trabalhador, mas dava bons sustos. O tio de Suely tinha sido representante desse equipamento no Brasil e conhecia a fama dessa máquina. Gisberto gostava de falar dessa prensa, mesmo porque seu universo de interesses não ia muito além dos temas relacionados com o chão da fábrica. Assim, o "coice" estava sempre presente nas conversas com Emílio. Por seu lado, o tio divertia-se com Gisberto e dava corda para que ele se alongasse.

As mulheres de ambos ouviam as histórias atentamente, dando a impressão de que a conversa fluía solta e interessante. Suely observava sua obra com orgulho. Gostava de levar as amigas a uma distância próxima do grupo em que podiam vê-lo representando gente elegante e bem-falante; mas não tão perto ao ponto de ouvirem as histórias de Gisberto apresentadas de modo vulgar.

— Naquela mesa — apontava Suely, com orgulho do talento em construir falsas virtudes — estão os pais de Cadu com tio Emílio e tia Eulália. Mas não mencionava que esta era a sua segunda mulher — cuidado que tinha para não manchar a reputação da família com o escândalo de um casamento desfeito.

ASSALTO

Com a iminência da sua estreia nos embates de rua, Lineu estava excitado, particularmente porque o alvo era um carro-forte. Quando pequeno, amedrontava-se com ele. Via-o como um dragão de ferro. Uma personificação do Mal. Mesmo sabendo que esse medo era fantasioso, precisou trabalhar a mente para se desfazer dele. Nesse esforço, passou a estudar cada componente do veículo, analisando catálogos que o pai obtinha com amigos empresários. Acreditava que, assim, conseguiria reduzi-lo à realidade de um engenho mecânico. O fato é que esse conhecimento o ajudou a conhecer a máquina e suas características, o que seria muito útil na missão que estaria por iniciar. Mas o verdadeiro ânimo de Lineu estava na oportunidade de apagar a pecha de covarde, que lhe atribuíam alguns militantes.

Os preparativos para o assalto ao carro-pagador tiveram início com o aviso de Charles, informando que a operação ocorreria no dia seguinte e que movimentaria muito dinheiro.

Agitava-se Camila. Queria ter certeza de que Lineu seria escalado. Temia por seu estado de espírito, caso não fosse designado. Os chefes do movimento, no entanto, não se mostravam seguros de que o rapaz estivesse pronto. Além disso, desconfiavam de sua lealdade. Havia quem suspeitasse ser Lineu um agente da repressão. A moça, porém, tinha prestígio para avaliar a escalação dele. Assim, ganhou o batismo de fogo.

∞

Motorista dos Freutag, Josué, ao retirar o carro de um estacionamento no centro da cidade, deparou-se com um papel jogado sobre o banco do passageiro. Desdobrou-o e leu: "Ação terrorista contra carro-pagador. Lineu envolvido". Havia informações detalhadas sobre o local e hora em que ocorreria a ação, bem como a função do rapaz e a chapa do veículo de Lineu.

Josué correu ao escritório do patrão e entregou-lhe o bilhete. Hans telefonou para um coronel do Serviço Nacional de Informações com quem setores da Fiesp mantinham contato. Relatou que dispunha de informação sobre uma ação terrorista. Nada mais diria por telefone e combinaram um encontro em local discreto.

— Tenho uma bomba nas mãos e preciso de ajuda para desarmá-la — disse Hans, retirando o bilhete do bolso.

Ainda sem desdobrá-lo, mas mantendo-o sob o olhar do interlocutor, continuou.

— Quero garantia de que minhas condições sejam aceitas.

O coronel, que se apresentara como Leocádio, sabia que Hans era um homem simpático aos militares. Ainda que ele se mostrasse independente em suas posições públicas, nunca se pronunciara contra o regime. Podia ser considerado confiável.

— E quais são as suas condições?

— Meu filho não deve ser tocado.

Um homem transtornado, que dispunha de informação valiosa, Leocádio tinha diante de si. Sabia que, para obtê-las, deveria agir com paciência. Podia imobilizar o empresário e arrancar-lhe o bilhete, mas isto seria um jogo de risco: aquele pedaço de papel poderia ser falso, ou não conter toda a informação; além disso, o homem era importante. Um passo errado poderia comprometer sua carreira militar.

— Ninguém vai machucar seu filho, mas o senhor deve colaborar. Assim o risco será menor.

Mais calmo, deu ao militar algumas pistas, informando que se tratava de assalto a um carro-forte, sem revelar o local e quando o ataque seria perpetrado.

O coronel esclareceu que não havia como impedir a prisão de Lineu junto com o grupo. Mas julgou prudente levar o caso ao chefe, um general do II Exército, com quem Hans passou a negociar.

— General, um grupo guerrilheiro tem plano de assaltar um carro de transporte de valores, nos próximos dias.

— Preciso do seu relato completo.

— Meu filho está no grupo. Só prossigo se tiver certeza de que ele será bem tratado e ficará livre em poucos dias — disse, aceitando que a prisão do rapaz seria inevitável.

O general explicou que as informações precisavam ser autenticadas, e em seguida a operação repressiva seria posta em prática por agentes treinados em ações urbanas, com uso restrito de armas letais. Acrescentou ainda que o serviço de repressão usaria a estratégia de danos mínimos, e que Lineu não seria exposto a risco. O veículo sob seu comando seria monitorado e protegido durante toda a operação e sua captura se daria antes do início do embate por meio de uma blitz especialmente montada para retirá-lo do confronto.

Lineu seria preso por alguns dias e depois libertado. O general disse que o rapaz podia ser acompanhado, durante o inquérito, por pessoas de confiança da família e que os interrogatórios seguiriam o protocolo padrão, o que foi entendido como um procedimento sem violência.

— Mas meu filho não vai entregar os companheiros.

— Sem problemas. Os outros o farão.

Hans deixou as dependências do quartel com a sensação de estar vivendo uma experiência aterradora.

∞

O carro-forte deixou a base com destino a uma agência bancária, em Perdizes. Dois agentes da empresa ocupavam a cabine de comando; e Charles — com dois combatentes — o compartimento de carga. Tinham como missão transportar dinheiro do banco para uma indústria de vidros na Lapa.

A polícia entrou em ação quando os militantes desembarcaram com o dinheiro em direção aos veículos de resgate. Ruas foram bloqueadas e tomadas por carros com chapas falsas para que os assaltantes de nada suspeitassem. Apesar dos disfarces, Charles e os outros dois que o acompanhavam foram capturados. Em seguida, os catorze motoristas dos carros de resgate caíram nas mãos da polícia. Prenderam Lineu minutos antes de a operação começar, em uma blitz fora da área conflagrada. Foi libertado alguns dias depois, como o combinado, porque a polícia "não encontrou provas de seu envolvimento no assalto".

Os militantes presos não foram poupados, e alguns, não resistindo aos métodos do inquérito, deram informações que resultaram na captura de quase todos os ocupantes do "aparelho". Camila, por não se encontrar ali no momento da invasão policial restou livre e sumiu.

Lineu, sem entender o fracasso, saiu de circulação por um tempo, refugiando-se na casa de Cadu.

Os líderes da operação também não atinavam sobre o que dera errado. Uma hipótese era a delação praticada por algum membro do grupo. E não tardou que se especulasse sobre a possibilidade de ter sido Lineu o traidor. Tinha pai rico e ligado aos militares. Podia ser um infiltrado.

— Mas ele era amigo de Camila. Ela não recrutaria quem não fosse da confiança dela — ponderou alguém.

— Ela pode ter sido enganada — aventou outro.

A moça estava acima da qualquer suspeita para os chefões, mas sua fuga não era conhecida. Imaginavam-na também presa.

O SUMIÇO

Cadu contou ao amigo as articulações de Hans para sua libertação. Explicou que sabia de tudo porque frequentava a casa, como namorado de Susana. Lineu ficou indignado. Sentiu-se enganado.

— Você não tinha o direito de estragar tudo. Você é um grande traidor, filho da puta. Foi Eustáquio que contou? Aquele padre de merda...

— Calma! Ele descobriu, mas a gente só sabia do sequestro do embaixador. Um bilhete com o aviso do assalto ao carro-pagador foi colocado no automóvel do teu pai. Não se sabe por quem.

— E fizeram alguma coisa com a Camila? — perguntou Lineu.

— Sei lá. O contato de Eustáquio disse que ela sumiu. Deve estar presa junto com todos os caras do aparelho. Acho que pensam que você também tá preso.

— Quem traiu só pode ser de dentro da organização. Deve ter alguém da repressão infiltrado. Eu tô ferrado. Vão pensar que fui eu. O burguês filhinho de papai...

— É melhor você ficar escondido por uns tempos. Deixar a poeira baixar. Se souberem que você tá solto vão querer acabar com você.

∞

Ernesto, irmão do padre Eustáquio, tinha uma propriedade agrícola no interior do estado, onde fazia um trabalho de recuperação de dependentes de droga. Lineu foi para lá, fingindo-se passar por viciado em busca de tratamento. O arranjo foi feito com a concordância da família, que deveria ficar distante do moço. Notícias dele seriam obtidas pelo padre e levadas por Cadu para a casa dos Freutag.

Na fazenda, Lineu olhava a planície. Quem o visse, com seus braços apoiados no cabo da enxada, em trajes de roceiro, não poderia supor que aquele fosse o Alemão da guerrilha. Fizera uma pausa para descansar dos duros trabalhos físicos. A sua visão, que se perdia no horizonte, trouxe Camila de volta. Gostaria de tê-la ao seu lado para ajudar a reencontrar o prumo. Talvez devesse ficar "em tratamento" sabe-se lá por quanto tempo, abandonado naquela fazendola, carpindo e carpindo, como um Sísifo caipira.

Certo dia, no grande galpão, onde todos se reuniam para o almoço, Ernesto chegou com o médico para a visita mensal. Aqui, Lineu era chamado de Leôncio.

— Leôncio, eu quero te apresentar o doutor. Ele vai te examinar pro diagnóstico — disse Ernesto.

Embaraçado com a situação, temeu pela descoberta de que não era dependente químico e pela revelação de sua identidade verdadeira. Temor agravado pela suspeita de que ele já tinha visto aquele médico nas dependências da casa onde vivia escondido.

— Eu tô bem, doutor. Não se preocupe comigo. O trabalho tá me fazendo bem. Tô conseguindo controlar a vontade.

— Não se preocupe. Fique tranquilo e apareça lá no consultório, daqui a pouco. Preciso falar com você.

Não tendo como driblar a convocação, compareceu à sala de atendimento.

— Sente-se, Lineu — ordenou o médico.

— Doutor, meu nome é Leôncio. O senhor deve estar enganado.

— Relaxa, rapaz. Estou aqui a pedido do Eustáquio. Ele quer que eu ateste a tua dependência. É pra livrar a tua cara, não se preocupe. Vai dar tudo certo. A recomendação é pra que você fique uns tempos por aqui.

— Como posso confiar no senhor?

— Eu dou assistência nas comunidades do padre Eustáquio. Por isso, você já me viu antes. Meu envolvimento é apenas médico. Faço o que posso.

Deprimido, precisava falar com alguém. Contou-lhe sua participação no roubo ao carro-forte, o confronto com as forças da repressão, e falou do medo de ser apontado como traidor. O médico disse que procuraria descobrir o que pensavam dele no movimento armado, e que traria notícias.

— Eu quero saber da Camila, a garota com quem eu vivia. O senhor lembra dela?

— Ninguém sabe. Pode estar presa. Parece que pegaram todos.

ROUBO

A carreira de Cadu nos negócios dos Freutag estava em ascensão. O rapaz tinha jeito para as finanças. Fora dado a ele um cargo de assistente na controladoria. Em poucos meses, propôs mudanças que resultaram em maiores ganhos nas aplicações dos recursos da firma. Além disso, descobriu uma falcatrua praticada por um funcionário antigo.

O ladrão era um primo distante de Suely. Lidava com pequenas somas para pagamentos miúdos. Usava esse dinheiro para despesas pessoais, devolvendo dias depois. Pensava: a empresa é da família, que mal há em usar o dinheiro e retorná-lo em seguida? Afinal sou também um Almeida, como minha prima.

Com o tempo, seu conceito de laços familiares ganhou elasticidade, e ele passou a não devolver as quantias no valor integral. Retinha uma parte pequena, que não seria notada. Considerava uma espécie de tributo pelos anos de sua vida entregues àquela empresa, e sem o reconhecimento merecido. Fazia justiça e nada mais.

Quando foi descoberto regendo a fraude, seus ideais de justiça em causa própria já estavam agigantados, assim como os saques clandestinos que fazia ao caixa.

Cadu levou o caso ao futuro sogro. Hans ficou possesso, não tanto pelo dinheiro, mas pela desonestidade do primo torto. Resolveu dar uma lição ao parente. Não o demitiu. Humilhou-o, dando a função de contínuo em seu gabinete. Não sabia, mas estava chocando um ovo de serpente.

MUNDO REAL

O casamento de Susana com Cadu já estava no radar. No entanto, a gravidez da noiva obrigou a antecipação das bodas.

A vida não se apresentava mesmo generosa para Suely. Seus sonhos sempre viravam pesadelos. Mãe de um guerrilheiro, futura sogra de um pé-rapado, que ainda engravida a filha antes do casamento, um primo que rouba dinheiro da empresa do marido, o que mais faltava para sua completa desgraça?

Tentou lutar contra os fatos, dar a eles interpretações mais adocicadas. Mas cansou. De tanto se enganar, e tentar dissimular, percebeu, finalmente, que não tinha mais gosto para tanta encenação sem sentido. O espetáculo tornara-se patético. O circo tinha de acabar.

Várias sessões de terapia ajudaram-na a ver o mundo por uma ótica mais realista, e permitiram a ela encontrar maneira produtiva de dar rumo à vida. Material para isso não lhe faltava. Percebera que o marido precisava de uma companheira mais próxima e alinhada com os problemas, para dar suporte às decisões. Dera-se conta de que estavam envelhecendo, e que a prudência recomendava a união de forças para os desafios que se avizinhavam. Queria ser boa conselheira, e preparou-se para isso.

Os frutos dessa transformação foram observados no casamento da filha. O que deveria ser um evento com pompa resultou em um ato simples, com poucos convidados, em uma pequena capela, e sem festa.

Dias depois, Lineu apareceu em casa. Hans gostou de ver o filho. Avesso a sentimentalismos, estava, no entanto, visivelmente emocionado. Abraçou-o calorosa e demoradamente.

Não falaram dos episódios recentes. Tampouco de planos futuros, só o presente importava. Era claro que Lineu ansiava por ajuda. Temia por sua vida. Esse era também o receio de seu pai.

— Posso te mandar pra Suíça. Ponho você num avião amanhã. Lá você fica em Berna, com teu tio, pelo tempo que for preciso.

— Não tenho escolha. Se ficar, vão me descobrir e acabam comigo — admitiu o rapaz, escondendo ainda seus ressentimentos. Lineu não perdoara o pai pela intromissão que resultou no fracasso da ação revolucionária de seu grupo, e do sumiço de Camila. Mas o velho era tudo o que ele tinha naquele momento para salvar a própria pele.

O irmão de Hans mudara para a Suíça havia alguns anos para abrir um escritório de representação dos Freutag. Recebeu o sobrinho, e deixou-o ocupar uma sala equipada com telefone e telex. De lá fazia contatos com grupos de brasileiros, muitos exilados em países europeus, e acompanhava os acontecimentos políticos do país sem a censura imposta aos locais.

Na biblioteca da cidade de Berna, encontrou uma notícia sobre o saque malsucedido ao carro-forte. O texto falava que o ataque fora frustrado por uma denúncia anônima, e que todos os envolvidos estavam presos.

O TRAIDOR

Quando Lineu e Camila aderiram à guerrilha de São Paulo, ela fora alvo de cobiça. Situação que gostou de estimular. Um dos militantes, muito tímido com as mulheres, sentiu-se atraído pela recém-chegada. Não era do tipo que fazia sucesso com as garotas, mas recebia atenção da moça. Esse tratamento, pouco familiar a ele, deixou-o com a certeza de que o caminho estava aberto para apostas mais robustas. Juntou coragem e fez um lance ousado. Quando o jogo foi revelado descobriu que Lineu estava com cartas melhores. Para qualquer um, tal decepção não seria o fim dos tempos, mas, para ele, o fracasso tornou-se insuportável. A autoestima só poderia ser resgatada com a destruição do adversário.

Seu inimigo deixou de ser o capitalismo burguês. A luta, então, voltou-se contra Lineu. Sempre que podia, sabotava o trabalho do rival. Espalhava calúnias, fazendo crescer as suspeitas quanto à lealdade do outro. Era um trabalho feito à sombra. Sua última obra fora o bilhete deixado no automóvel de Hans delatando o saque ao carro-forte. Queria implicar Lineu como o traidor.

Antes, no entanto, tratou de convencer Camila de que a verdadeira revolução socialista estava nascendo no Araguaia. Defendia que lá a guerrilha se organizava a partir do campo. Com armas e a participação das massas, o movimento chegaria vitorioso às cidades. Argumentava que, ao contrário, a ALN não passava de um reduto de burgueses frustrados, por isso não podia atingir seus objetivos maiores. Esse era um discurso que a empolgava.

Sem que os demais soubessem, os dois partiram para Marabá, no Pará, deixando uma mensagem, que anunciava planos de "resgatar o Brasil da indigência social pela via do autêntico socialismo".

Com o seu novo companheiro, Camila soube que o assalto ao carro-forte malograra depois que chegou ao Araguaia. Ela se revoltou, e demonstrou preocupação especial por Lineu.

— Alguém traiu. Vão suspeitar do Alemão.

— Pra falar a verdade, eu também não confio nele — dissimulou o rapaz.

— Ele tem pai rico, mas tá comprometido com a causa.

— Você é mulher, acredita demais nas pessoas.

Camila, furiosa, considerou machista, rasteiro e maldoso o comentário do parceiro:

— Escuta aqui, se você tem colhão, diga o que sabe do Lineu.

— Deixa pra lá, esquece. O jeitão dele é que é estranho — desconversou.

— Estranho é o cacete, seu bunda-mole. Agora você vai falar.

Amesquinhando-se cada vez mais aos olhos dela, não dava conta da agressividade da moça. Acuado e sem imaginação para sustentar a cilada que armara, soltou a língua.

— O bilhete no carro do pai dele...

— Bilhete? Carro do pai? Que história é essa?

Revelara-se o embuste. Ela torceu-lhe os miolos até obter a confissão.

Para uma revolucionária, foi crime de alta traição. Do moço, nunca mais quis saber. Ninguém nunca soube de seu destino.

Precavida, Camila fez chegar aos chefões da ALN notícias sobre aquele ato desleal e covarde. Queria também neutralizar as suspeitas que, inevitavelmente, iriam cair sobre Lineu.

∞

No Araguaia, Camila incorporou a tática dos militantes do PC do B, que lá chegaram e foram se estabelecendo como pequenos comerciantes e profissionais liberais. Aos poucos construíram vínculos com a população local, dando suporte e algum alívio às suas vidas miseráveis. Dessa forma, conquistaram a confiança daquela gente.

O cenário, naquela região, era propício para Camila desfilar o seu figurino marxista. Unira-se aos outros jovens que lutavam pelo "resgate da dignidade daquele povo sofrido", usando a cartilha da esquerda radical.

Formada em biologia, tinha também conhecimentos em saúde pública. Carentes de tudo, as cidades ofereciam vasto ambiente de trabalho para ela. Visitando as famílias na zona rural, ela fazia seu trabalho de orientação profilática. Ensinava coisas básicas, como lavar as mãos antes de se alimentar, escovar os dentes, fazer fossas distantes das fontes de água... Ela sabia que esses ensinamentos, quando aplicados, produziam resultados imediatos na qualidade da saúde. Assim, logo começou a colher admiração e respeito pelo trabalho.

Seus companheiros perceberam que tinha vocação para a liderança. Mesmo que ainda pesasse alguma desconfiança pelo fracasso da ação que ajudara a organizar em São Paulo, passou a comandar os grupos de formação política, mobilizando camponeses em torno dos ideais comunistas.

∞

Ainda na Suíça, Lineu soube — por Eustáquio — da traição de que fora vítima e das façanhas de Camila no Araguaia. Informado de que não estava mais no foco da guerrilha como suspeito, decidiu voltar ao Brasil e se encontrar com ela. Camila, no entanto, fez chegar ao rapaz o aviso de que não deveria segui-la. Ela ficaria por lá algum tempo. No retorno, iria procurá-lo.

A agitação política do Araguaia, no início, não era conhecida. Mas o deslocamento contínuo de gente do Sul àquela região despertou o interesse dos serviços de inteligência do governo. Aos poucos, chegaram informes de que lá havia paulistas trabalhando com o pessoal do campo na alfabetização e na saúde, mas que não tinham sido detectados sinais de movimento armado. Embora atentos, os militares estavam mais preocupados com os focos de subversão que ardiam no Rio e em São Paulo. Livre da repressão, não tardou para que o movimento ganhasse musculatura, e o que parecia assistência social tomou forma de uma organização em armas.

Camila estava à frente de um grupo que escondia armamento na mata, e treinava milícias para a guerrilha na selva. Vestia-se como soldado, mas, à paisana, visitava políticos locais e fazendeiros, fazendo-se passar por representante de uma entidade assistencialista. Seu objetivo era identificar riscos e conquistar apoio logístico. Nunca deixou de usar o poder de sedução para as aproximações. Com essa tática, transitava livremente no território inimigo, conseguindo suprimentos e remédios.

Ganhava respeito e prestígio, e passou a contribuir com propostas de impacto na formulação das ações revolucionárias. "Na bala e na porrada" eram as suas palavras de ordem para a luta.

A virilidade da fala de Camila contrastava com os seus traços suaves, resultando em uma sensualidade que atiçava aqueles homens carentes de mulheres. Qualidade que ela manejava com perícia para tê-los sempre nas mãos.

A crônica da passagem dela pelo Araguaia não poderia prescindir de histórias dramáticas e tragédia. Não combinaria com seu perfil a narrativa de uma saga que se limitasse às vicissitudes naturais de uma guerra de guerrilha. A musa trágica exigia acontecimentos funestos. Eis os fatos: Camila se envolveu com dois militantes. Ambos mergulharam no abismo por ela. Quando chegaram ao inferno, descobriram-se rivais. Já se conheciam de São Paulo, mas se detestavam: um stalinista e o outro trotskista. No Araguaia lutavam juntos porque tinham um inimigo comum. Mas, por ela, enfrentaram-se em briga sangrenta em que um morreu e o outro fugiu. O episódio, no entanto, foi reduzido a um mero acidente em que o assassino disparara inadvertidamente enquanto limpava a arma.

CRISE CONJUGAL

Dedicando-se ao filho, Susana vivia atarefada. Hans e Suely recuperaram um pouco o gosto pela vida, depois do nascimento do neto. A jovem mãe saía-se bem nos seus afazeres, mas teve de se interessar também pelos negócios para apoiar o marido. É que a saúde do pai andava debilitada, limitando-o no trabalho. Assim, Cadu teve de assumir cada vez mais tarefas e responsabilidades na firma.

O sucesso na carreira o estimulava a viver com intensidade. Tinha acabado de frequentar uma cara universidade, onde fez muitos amigos endinheirados. Seu círculo social não era o mesmo do tempo em que morava na Penha. Frequentava bares da moda e restaurantes finos.

Vestia-se bem e gostava de se manter em boa forma física. Essa combinação de cuidados resultou em um jovem bonito e bem-apessoado. Susana sentia ciúme. Nos encontros sociais, percebia que ele era objeto da atenção de algumas mulheres. Já livre da timidez da adolescência, Cadu correspondia com moderada simpatia. Se nos gestos se continha, não controlava a vaidade.

Em pouco tempo, sua vida mudara radicalmente. Teve de lidar com acontecimentos importantes, alguns bem complicados. Saiu-se bem em quase todos, mas não conseguiu amadurecer completamente.

Aos poucos, os sinais do colapso começaram a se revelar, no trabalho e em família. Com os amigos, Cadu esbanjava nas despesas, excedia-se nos modos, e passou a beber muito. Não raramente, sem Susana por perto, atrevia-se com outras mulheres.

Ao tomar conhecimento das travessuras do genro, Hans contrariou-se. Culpava-se por ter dado a ele tanta responsabilidade. Fora ingênuo em achar que um moleque despreparado e sem cultura pudesse transformar-se em executivo responsável. Não, não. Não devia ter permitido o casamento da filha com ele.

Suely acompanhava a angústia do marido, e sofria também com a tristeza da filha. Mas acreditava que o moço tinha boa índole, embora não soubesse lidar com o sucesso repentino. Achava que Susana, mesmo aborrecida, devia ajudá-lo. Se conseguisse convencê-la disso, talvez a recuperação do genro fosse possível.

— Você pensa que o começo da minha vida de casada foi fácil? — disse Suely em um dos encontros com a filha.

— Mãe, não me enche. Não vem me consolar. Tenho um monte de coisa pra fazer agora.

— Vocês ainda eram pequenos. Seu pai largou tudo e foi pra Suíça. Ficou lá meses sem dar notícias. Só mandava o dinheiro pras despesas.

— Credo, mãe. A senhora nunca falou disso!

— A minha família não aprovou o casamento. Teu avô dizia que eu tinha casado com o filho de um consertador de relógio.

— Verdade?

— É. Quando chegaram no Brasil, eles abriram uma lojinha no corredor de uma galeria, lá na Praça da Sé.

— Mas ganharam muito dinheiro, depois.

— Com outros negócios. Mas teu avô não esquecia a origem do genro.

— E por isso o papai foi embora?

— Teu avô não falava com ele.

— E o papai ficou magoado?

— Não, ele nem ligava.

— E a senhora?

— Eu era muito boba. Fiquei do lado errado. Um dia ele se encheu e saiu de casa. Foi trabalhar na Suíça.

— Ô mãe, que triste! Como é que ele voltou?

— Tua avó. Aquela, sim, era uma boa mulher.

— O que é que ela fez?

— Um dia ela apareceu lá em casa e falou: Você quer o teu marido de volta? Então lute por ele.

— E a senhora...?

— Peguei um avião e fui encontrar ele lá na Suíça.

— E aí...?

— Eu disse que o meu lugar era do lado dele, que queria que ele ficasse comigo e com os filhos... que eu não ia mais deixar meu pai se meter na nossa vida...

— Legal, mas essa história não tem nada a ver comigo. Eu não trato mal o Cadu. Eu não sei o que aconteceu com ele.

— Você quer o teu marido de volta? Então lute por ele.

Susana entendeu o recado. Naquela noite, foi procurar Cadu no bar onde costumava ver os amigos. Encontrou-o só e embriagado. Percebendo seu desespero, juntou o que tinha sobrado dele e levou para casa. Mas descobriu que sozinha não poderia devolver-lhe a integridade. A mãe sugeriu terapia de casal.

Depois de algumas sessões, veio o diagnóstico: o marido perdera a consciência de si mesmo. Cadu não dava atenção aos achados da psicanálise, mas a mulher seguiu a orientação do médico e procurou reaproximá-lo da própria família.

— Cadu, domingo vamos almoçar na tua mãe. Quero que ela veja o neto. Os teus pais quase nunca vêm aqui.

— Você tá levando muito a sério esses papos da terapia. Eu não tenho saco pra ficar ouvindo a ladainha deles.

— Eu quero ir pelo nosso filho. Ele precisa conviver com os avós.

O burburinho no portão da casa da mãe surpreendeu Cadu. Neusa tinha anunciado a visita do filho aos vizinhos. Até Eustáquio apareceu por lá. Cadu não esperava um reencontro tão caloroso, e passou horas agradáveis.

RESSENTIMENTOS

De volta ao Brasil, Lineu encontrou seus vínculos sociais e afetivos frouxos. Mal tinha notícia de Camila e quase nunca era visto pelos pais. A exceção era o tal primo das fraudes, que Lineu passou a visitar no trabalho "para dar apoio moral". Na ausência de Hans, os dois se dedicavam a falar mal do velho.

— Teu pai me sacaneou. Eu tinha um cargo de chefia. Olha só o que restou de mim: um merda de um office-boy dele...

— E por que você aceita tanta humilhação?

— Bicho, eu tenho 40 anos. Quem vai dar emprego pra um velho?

— Eu também tô puto com ele. Ele não tinha o direito de se meter na minha vida, nas minhas escolhas políticas. Mas esse negócio tem volta.

Essas conversas ressentidas realimentavam o rancor de ambos por Hans, e serviam para estreitar os vínculos entre eles.

∞

Mesmo tendo desafetos, Lineu estava limpo na ALN graças à Camila. A liderança do movimento via o moço como um ativo de que se poderia obter ganho. Embora sua condição de burguês não agradasse, trazia também benefício: a proximidade com pessoas ricas. Depois do ataque frustrado ao carro-forte, um novo sequestro seria um meio rápido de refazer o caixa da guerrilha. Dar corpo a essa obra, contudo, demandava informação e inteligência. Lineu foi convocado por ser a pessoa certa para o trabalho.

Ele via o chamado como a recuperação do prestígio, e alimentou a fantasia de reencontrar Camila. Foi atrás do primo na firma do pai, com a esperança de que ele fizesse revelações valiosas para um sequestro. Além disso, a sua função dava acesso à agenda do chefe.

Voltou com a certeza de que tinha encontrado a vítima: um empresário que vendia equipamentos para a construção da Transamazônica. Naquele momento, estava envolvido em um grande empreendimento hoteleiro financiado com recursos do governo. Era um homem que enriquecera com dinheiro público, e — suspeitava-se — obtido em transações irregulares. Hans se relacionava apenas protocolarmente com ele. Viam-se por causa de um mandato em uma entidade de classe de que ambos eram diretores.

Do ponto de vista ético, o sequestro desse homem, mais do que conveniente, seria profilático. Lineu correu aos companheiros para anunciar seu achado.

— Temos o alvo.

— Quem é o babaca?

— Uma pústula social. Um cara metido com os militares. Ganhou muito dinheiro com a corrupção. Ele vai almoçar com meu pai — disse Lineu, informando a data e o local do encontro.

— Vamos desapropriar essa grana e devolver ela ao povo oprimido. Viva a revolução socialista!

Um engano no momento da operação — ou possivelmente a má--fé de alguns militantes — resultou na troca da vítima, fazendo com que Hans caísse nas mãos dos sequestradores.

Os guerrilheiros, entretanto, não abandonariam a exigência do resgate. Consideraram que o equívoco não comprometera o resultado da ação, além de não estarem dispostos a contabilizar mais um fracasso. Por isso encarceraram o homem no porão de uma casa alugada. Antes de procurar a família para negociar a libertação, a ALN tentou silenciar Lineu. Como autor do plano, ele poderia levar a polícia ao grupo.

Desorientado, ele resolveu abandonar o país novamente. Camila, que acompanhava tudo a distância — e ela mesma ameaçada pela repressão no Araguaia — fugiu para se encontrar com Lineu no Rio de Janeiro, de onde partiram para a Suécia.

Essa fuga agravaria a situação de Lineu aos olhos da família, mas Cadu considerou que seria a melhor solução: se ele ficasse e fosse apanhado pelos militares, Hans poderia ser morto. Se caísse nas mãos da guerrilha, ele próprio não sobreviveria. Por isso, usou suas conexões no exterior, e fez o amigo chegar com segurança a Estocolmo.

As negociações para a libertação do refém só tiveram início depois que a guerrilha se convenceu de que Lineu não fora apanhado pela polícia brasileira. Uma nota de um jornal da capital sueca sobre o sequestro confirmou que ele estava em solo escandinavo. Decorreram várias semanas até que essas notícias fossem veiculadas e trazidas para circular no Brasil. Cadu esteve por trás dessas articulações.

A habilidade com que conduziu o processo fez dele gestor da crise e interlocutor com o movimento guerrilheiro. Acostumado a lidar com os obstáculos que a vida impôs, ele se saía bem nas situações de grande tensão. Esse episódio comprovou que ele recuperara a moderação emocional, deixando para trás os tempos de deslumbramento que o levaram à crise de identidade.

A DOR

O pedido de resgate acrescentava que Hans fora baleado e precisava de atendimento médico. Verdade ou não, a família estava desorientada, mas Cadu manteve-se calmo. Em uma das ligações com os sequestradores ele pediu um sinal de que Hans estava vivo, comprometendo-se com o pagamento depois que chegasse a prova.

Censurada, mas solidária com os Freutag, a imprensa acompanhava o desenrolar dos acontecimentos, veiculando notas apenas decifradas pelas partes envolvidas. Uma dessas mensagens trazia a fotografia de Hans. Nela o empresário lia um jornal da véspera. A foto era acompanhada de um falso texto publicitário. Era a prova de vida esperada.

Foram muitas semanas sem que se soubesse do estado do preso. No jornal, parecia saudável, mas a questão do tiro não fora esclarecida. Se fosse verdade, sua condição poderia ser crítica.

Enquanto apressava os trâmites para reunir a quantia pedida, Cadu também preparava o atendimento hospitalar para receber Hans.

As aflições pelo sofrimento de Hans e as negociações com os sequestradores dominavam de tal maneira as preocupações da família que não sobrava tempo para refletir sobre o sumiço de Lineu. Cadu escondeu dos parentes que o moço estivera por trás do sequestro do pai. Esperava o momento certo para contar.

Ajudara a fuga do amigo por intuir que era o melhor a fazer, mas não entendia como a radicalização ideológica pudesse ter levado Lineu àquele ponto. Não aceitava como atenuante que os sequestradores se enganaram na captura da vítima. O papel do amigo seria abjeto em qualquer circunstância.

Cumpridas as exigências da guerrilha, Hans foi encontrado num matagal próximo a uma rodovia. Seu estado de saúde exigia pronto atendimento médico, o que foi feito em um pequeno hospital, com poucos recursos. Preocupados com a instabilidade das funções cardiovasculares, os plantonistas descuidaram do ferimento que atingiu a sua perna. Transferido mais tarde para um hospital maior, verificaram que a perda de sangue, seguida da necrose dos tecidos, não deixou alternativa à amputação.

Em casa, Suely revelou-se boa enfermeira. Esteve ao lado do marido durante a cicatrização dos ferimentos, na implantação da prótese, e no aprendizado para usar um artefato mecânico para caminhar.

A dor de Hans, no entanto, não era apenas física. Tinha a alma sufocada. Sua vida desabou quando Cadu revelara o engano e as razões da fuga de Lineu. Inconformado, ele não alcançava os motivos daquele ato terrível, não conseguia encontrar naquele jovem o próprio filho. Sentia que a paternidade também tinha sido mutilada, por isso não tinha a quem perdoar se quisesse ser indulgente. Se ao menos odiasse, o sofrimento poderia depurar o rancor e aliviar a angústia.

Amargurada também estava Suely, mas, como mãe, olhava o episódio com alguma benevolência, o que não diminuía a compreensão de que Lineu protagonizara um ato odioso; apesar disso, preocupava-se com a segurança e a saúde dele.

Único da família que mantinha conexões com Lineu, Cadu soube que ele estava, junto com Camila, trabalhando em uma instituição de apoio a perseguidos políticos. Nessa época a Suécia era pródiga no acolhimento de militantes da esquerda perseguidos por regimes autoritários. Mesmo assim, não foi fácil para o casal encontrar um meio de sustento. Os dois aceitavam serviços temporários de baixo rendimento, e, nos apertos, recebiam ajuda de Cadu, que enviava clandestinamente dinheiro através de um banco que servia a empresa de Hans no exterior.

A correspondência de Lineu que chegava não tinha indicação do remetente, e era recebida no endereço dos pais de Cadu. Um procedimento de cautela para não atrair a atenção do serviço de inteligência do governo para as relações entre os amigos. Esse cuidado, no entanto, não resistiu à denúncia — supostamente praticada por um vizinho — aos órgãos de repressão. Não havia prova, mas Cadu suspeitava que o motivo da delação fora banal: inveja pela melhora econômica da família, que se mudou para a casa da frente do lote.

TORTURA

Preso enquanto jantava com a mulher em um restaurante do centro da cidade, Cadu foi para o DOI-Codi. Susana não ignorava que ele tinha sido levado para um destacamento militar conhecido pelo uso da tortura. Foi capturado porque teve contato com a guerrilha nas negociações para a libertação do sogro. E isso não agradou aos militares, que esperavam por mais protagonismo. Além disso, havia a suspeita de que ele teria facilitado a fuga de Lineu, e o mantinha financeiramente no exterior.

Nu, de olhos vendados, preso em uma cadeira, foi deixado sozinho por muitas horas sem água e sem comida. Embalava o seu martírio um coquetel sonoro, com ruídos insuportáveis. No auge do seu desespero, abriu-se uma porta e entrou um jovem educado e bem-falante, que lhe retirou a venda dos olhos e as amarras.

Ao recuperar a visão, Cadu descobriu-se em uma sala que em nada sugeria um local de tortura. O calor se dissipara junto com o barulho alucinante. Trouxeram-lhe frutas e sanduíches. Não fosse pelo constrangimento de ainda permanecer sem roupas, encontrava-se confortável. Sentado à sua frente, o jovem bem vestido ofereceu-lhe charutos cubanos, enquanto iniciava uma conversa.

— Estudamos na mesma escola? — perguntou com fala mansa.

— Seu filho da puta, você não vai me enlouquecer. Diga aos bostas dos teus chefes que eu não vou abrir a boca — retrucou Cadu, agressivo para não perder a clareza da situação. Estava exaurido e temia se confundir.

— Calma, homem! Eu quero ser seu amigo. Estamos aqui numa boa. Vamos conversar um pouco. Quer um uísque? Tenho um "18 anos" que veio direto do Palácio do Planalto.

— Pode me pôr no pau de arara, que eu não vou falar — continuou sem baixar o tom.

— Há, há, há, há... com você não dá pra brincar desse jeito. Você vai falar na pressão psicológica. Não posso deixar marcas no teu corpo. Teus amigos são influentes.

O ódio fez Cadu mais forte para resistir. Diante da inutilidade da inquirição, o algoz se levantou. Ao sair se aproximou do interrogado, derrubando-o com um golpe no peito.

O dossiê policial da família Freutag continha dados incongruentes: um empresário — que apoiava o governo — tinha sido sequestrado. O filho — militante da esquerda — era suspeito de estar envolvido no crime. O genro — preso e acusado de evasão de divisas — era próximo da vítima e amigo do suspeito. O escalão militar subalterno não sabia como lidar com isso. Foi necessário apelar ao alto comando do Exército para que a ordem de soltura fosse emitida. Susana, com a ajuda da mãe, foi decisiva nas articulações para livrar Cadu da prisão. Mesmo assim, ele não deixou de ser visto com desconfiança pelos militares de São Paulo. Passou a ser vigiado, e seus pais viviam constantemente importunados por agentes, que, sob qualquer pretexto, invadiam sua casa em busca de correspondências suspeitas.

Desorientados, Neusa e o marido não sabiam o que fazer. A cada incursão, a casa virava um caos, com roupas e objetos jogados pelos cantos dos cômodos. Gisberto teve de parar de frequentar o sindicato — onde, esporadicamente, fazia alguns "bicos" na manutenção — para não levar a bisbilhotice policial ao movimento operário. Desgostosos, mudaram-se, deixando para trás tudo que os prendia àquele bairro.

NA OPOSIÇÃO

A propaganda ufanista adotada pelos militares pressupunha o florescimento de uma indústria nacional forte. Os grandes empresários beneficiaram-se dessa política, conseguindo subsídios e proteção para seus negócios. Nessa onda, a empresa de Hans cresceu muito. Seus produtos tinham mercado garantido nas firmas estatais, que constituíam os principais clientes. A riqueza da família Freutag consolidou-se nesse período, o que a obrigava a manter uma relação de cooperação com o governo. No início do regime, isso não foi problema, porque havia comunhão de objetivos. O anticomunismo e a declarada modernização do país eram ideias com as quais Hans concordava.

Mas o autoritarismo que passou a marcar a atuação dos militares, agravado pelos recentes acontecimentos, mexeu com a cabeça dele. Embora não falasse dessas coisas em público, abriu-se com o genro.

— Eu estou cheio desses militares.

— Tem razão. Lá no DOI-Codi eu percebi que a coisa saiu do controle — disse Cadu.

— É, mas não é só isso. Depois que eu deixei claras minhas divergências, eles estão me pressionando nos negócios.

— É, as estatais quase não compram mais da gente.

— Eles querem me sufocar financeiramente. Por enquanto é um sinal. Querem que eu continue dando aval ao regime, mas cansei da ditadura. Eu apoiei o Castelo Branco, mas esses generais que vieram depois jogaram os ideais democráticos no lixo.

— Bem, isso tá na cara. E o que fizeram comigo?... Eu não gostaria de continuar nesse jogo.

— É, você tá certo.

Hans, não muito tempo depois, se juntou a um grupo de empresários com o propósito de engrossar a resistência ao regime. Esses homens se articulavam com líderes do partido de oposição. Não era muita coisa, mas, ainda assim, um ponto de partida.

O desembarque nas fileiras oposicionistas trouxe-lhe decepções, porque fora obrigado a conviver com marxistas com máscara de liberais. Desprezava essa atitude hipócrita e oportunista. Via na esquerda radical armada mais consistência ética, por mais que a abominasse.

Mesmo assim, abriu o cofre para financiar campanhas políticas de candidatos afinados com as convicções dele. Ajudou a eleger deputados federais combativos e engajados na luta pelo retorno da legalidade democrática. Ao empunhar essa bandeira cívica, viu piorar ainda mais o seu negócio. As estatais suspenderam todas as encomendas, e as atividades da firma foram reduzidas para atender apenas os clientes pequenos.

Cadu, que tocava o empreendimento, se viu obrigado a reduzir o número de funcionários. Seu pai foi um dos afetados pela perda do emprego. Não poderia mantê-lo, sacrificando um técnico produtivo. Essa visão voltada para o mérito deu resultado. A empresa recuperou a capacidade de ganhar dinheiro, mas com um tamanho menor. Por isso, o velho sugeriu-lhe explorar o mercado externo como alternativa ao boicote imposto pelo governo.

EM PARIS

O voo da Varig chegou a Orly com atraso. Lineu e a namorada esperavam havia algumas horas. O encontro fora combinado semanas antes, quando Cadu decidiu viajar acompanhado de Susana para a Europa, com o propósito de fazer contatos de negócios. Trouxe a mulher para ajudá-lo. Ela era fluente em francês e tinha bons conhecimentos de inglês e alemão.

O casal não esperava encontrar Camila. Lineu apenas dissera que viria acompanhado. Constrangidas no começo, as duas logo se entenderam, evitando temas sensíveis, e as amenidades da vida em Estocolmo dominaram as conversas. Camila sabia ser agradável, mostrava-se uma moça com interesses semelhantes aos de Susana, e tornaram-se boas companheiras durante o tempo em que estiveram em Paris.

Lineu não escondeu de Cadu as dificuldades que enfrentavam: o frio, a falta de dinheiro e os problemas com a língua. Eles ocupavam de favor um apartamento pertencente a uma senhora idosa, perto da Universidade de Estocolmo, e trabalhavam numa organização humanitária.

As relações com Camila abriram a conversa.

— Como vocês se encontraram de novo? — perguntou Cadu.

— No Rio. Ela tava encrencada no Araguaia. O movimento chamou a atenção dos militares e a repressão aumentou. Ela era visada, uma cara muito manjada.

— Por que você não me disse que a segunda passagem de avião era pra ela?

O *affair* de Camila com o adido cultural fora abatido por um escândalo que o envolvia, e revelado pelo serviço secreto alemão. O homem era um espião soviético. Ele buscava informações sobre propulsores de foguetes da força aérea alemã. Foi preso quando subornava um funcionário da Deutsch Luftwaffe para conseguir os projetos.

Com a detenção do diplomata, a brasileira passou a ser procurada, pois ela já era conhecida dos órgãos de inteligência. Acabou detida em Munique quando fazia uma ligação para Lineu de uma cabine telefônica. Ela esperava pela prisão, e sabia que teria de enfrentar um duro julgamento, sem dinheiro para advogado. Mesmo não sabendo das atividades secretas do russo enquanto viveu com ele, tinha certeza de que nas mãos da defensoria pública alemã não conseguiria provar sua inocência. Assim, seu destino seria permanecer por muitos anos atrás das grades.

Lineu, que até então não conhecia o seu paradeiro, tentou ajudar, sem êxito, porque o caso não foi considerado crime político, mas espionagem.

TROCA DE IDEIAS

À época do sequestro do empresário, Eustáquio deu amparo à família, levando conforto nos momentos mais difíceis, e, durante a convalescência de Hans, o padre era figura assídua na mansão. Frequentemente jantava com os Freutag, e a conversa se estendia pela noite. Ele era um interlocutor atento e inteligente. Amante de um bom *brandy*, entusiasmava-se nos debates ideológicos que travava com Hans. Suas posições políticas continuavam as mesmas, mas já não tão agudas como antes. Além disso, pensava além das cartilhas, o que para um homem de esquerda não era pouco. Essa independência fez crescer o respeito que o amigo tinha por ele.

Mantinham o hábito de encontros semanais, de que, com frequência, outros convidados participavam. Empresários, políticos e até militares dissidentes já tinham comparecido. Da Igreja, atendiam aos encontros católicos tradicionais e também os engajados na Teologia da Libertação. Em comum tinham a capacidade de tratar os temas polêmicos e conflitantes nos limites da civilidade. Essa virtude contribuiu para que muitos conceitos que lá nasceram fossem levados a debates partidários. Essa experiência sugeriu a viabilidade de uma reconciliação nacional em um cenário democrático. Eustáquio, mais do que Hans, mostrava-se entusiasmado com essa constatação. Chegou a estimular o empresário a formar uma agremiação sem as amarras de ideias cristalizadas e velhas.

— Hans, você agora tem tempo, por que não articula a criação de um novo partido?

— Padre, eu estou velho e doente. Mas mesmo que eu topasse, seria um partido liberal democrata, que prega a economia de mercado. Você não iria apoiá-lo.

— Sou um marxista católico, você me entende.

— Não. Não entendo. E não gaste o seu latim para explicar.

— Não se preocupe. Vou explicar de novo, em uma língua que você entende: Cristo foi um judeu marxista...

— Eustáquio, às vezes eu penso que você me toma por idiota. Quanta bobagem... — interrompeu Hans.

— Tá bem. Agora, falando sério. Não há nada de errado com o marxismo. É uma visão de mundo que cabe em qualquer democracia.

— Olha, não há democracia sem economia de mercado, o que vocês não aceitam porque não são capazes de entender o liberalismo econômico. Vocês acham que a economia capitalista é um jogo de soma zero, isto é, para que uns ganhem, outros têm que perder.

— E o que há de errado nisso? Se uns poucos têm muito, precisam dar uma parte para os muitos que não têm nada. Isso é perder alguns privilégios.

— Isso é demagogia. E, se posta em prática, vai deixar toda a sociedade mais pobre.

— Eu sempre digo que Cristo também foi pobre.

— Eustáquio, se estamos falando sério, pare com esse tipo de argumento. A pobreza não é uma virtude. Vocês ficam ensinando isso pros jovens, confundem a cabeça deles, e aí eles vão pra luta armada pensando em resolver tudo na bala. O resultado é tragédia pessoal e mais pobreza — respondeu irritado.

— Desculpe, Hans. Eu não queria mexer na tua ferida. Você tem razão. É preciso um outro olhar para o Brasil.

O padre admitia que o debate político estivesse polarizado, e que era preciso arejar as ideias, mas as alternativas sempre passavam por alguma forma de socialismo. Hans, por outro lado, julgava que as opções deviam ter o capitalismo como eixo. Mas os dois concordavam que essas diferenças não deviam prejudicar a luta pelo fim da ditadura.

∞

Querendo ou não, a família Freutag estava irremediavelmente envolvida com a política. Susana como parte dela, e motivada pela efervescência do momento, não se omitiu. Numa conversão súbita, dedicou-se a articular um grupo, em forma de rede, engajado no movimento pela democracia. Ela sabia que seria suicídio sair, cada um por si, bradando "Abaixo a ditadura". Porém, com milhares de pessoas reunidas, e a cobertura menos tímida dos meios de comunicação, a repressão policial seria inibida. Inspirada nas técnicas de venda pelo sistema de "demonstração em domicílio", ela juntou algumas amigas, e instigou-as a se engajarem na luta pelo fim do regime de exceção. No lugar de produtos, apresentariam ideias. Além de se armarem de coragem, deviam agrupar outras tantas com o mesmo propósito, e assim formariam uma grande corrente.

Suas ideias eram originais e criativas, mas evitava deter-se em teorias e em debates ideológicos. Mirava resultados, e, aos poucos, ia somando mais gente disposta a se unir.

Resolveu que sua rede seria feminina, por razões práticas. O movimento pela emancipação da mulher estava em alta, e ela queria tirar proveito disso. Achava também que seria constrangedor para a polícia conter com violência um batalhão de mulheres, ainda que estivessem gritando palavras de ordem.

Quando os movimentos de rua começaram em São Paulo, Susana estava com seus grupos formados. A contribuição dessa iniciativa, junto com centenas de outros agrupamentos que também se organizaram, deu às passeatas pelas "Diretas já" um colorido cívico e pacífico.

Cadu, que acompanhava de perto o seu trabalho, orgulhava-se da mulher.

— Vocês estão fazendo história — dizia a Susana.

— Só estamos lutando pela democracia.

— Teu irmão dizia a mesma coisa, e veja a merda que a luta armada fez. O que se ganhou com aquilo? Ele tá exilado até agora...

— Os tempos são outros — desconversou ela.

À DIREITA

A visibilidade pública de Susana e as conexões que ela fez despertaram o interesse dos políticos de oposição. Logo, fizeram-na candidata ao Legislativo Federal. Orientada pelo pai, concordou em sair em defesa da democracia liberal. Ela acreditava que a realização humana só seria possível pela educação e pela prática política com ética e liberdade. Na sua campanha, não tratava de temas, como direito de greve, reforma agrária, justiça social, distribuição de renda, e outros tantos favoritos da esquerda. E usava a rede que tinha montado para divulgar as ideias da sua plataforma eleitoral.

— Vejo um país em que o cidadão não precisa ser protegido como um incapaz — dizia Susana para seus grupos.

— Você está louca? Não quer ser eleita? — protestavam.

— Para ser babá da sociedade, não.

— Como assim? — indagou, certa vez, uma senhora.

— Quero ajudar a construir uma nação de homens e mulheres livres.

— E pra isso não precisa protegê-los? — perguntou, em outra ocasião, uma estudante de sociologia.

— Não. É preciso libertá-los.

— Libertá-los de quê?

— Da ignorância e da desídia mental.

— Você está dizendo que nosso povo é estúpido e preguiçoso? — indignou-se a mesma estudante.

Susana sabia que pisava em terreno perigoso, mas provocava a plateia com conceitos que iam à contramão do pensamento dominante para abrir-lhes a mente. Suas propostas procuravam a emancipação da sociedade. Sonhava com um povo adulto, capaz de cuidar de si; que abandonasse o conforto de culpar os outros por suas misérias; que fosse à luta não para mendigar ajuda, mas para construir com suas próprias competências uma vida melhor.

O partido desaprovava essa abordagem, porque a cartilha que ela lia não enaltecia o Estado como o único vetor capaz de atender e proteger o cidadão. A esquerda queria controlar, dizia ela, que preferia ver um Estado em que as pessoas crescessem por seus próprios méritos.

Nas discussões internas do partido ela confrontava as lideranças, e só não foi expulsa porque seus argumentos ainda atraíam a ala mais conservadora.

— Susana, nós respeitamos suas opiniões, mas elas tão indo contra tudo o que pensamos.

— Vocês não pensam, repetem dogmas. Isso é preguiça intelectual.

— E você quer ser acusada de direita?

— Se emancipar o povo é ser de direita...

— Quem disse que o povo quer ser emancipado? — perguntou um velho político, que ouvia a conversa sem muito interesse.

A jovem idealista fora despertada para a política com o sonho de transformar o país em uma nação livre e democrática. Acreditava na ética do trabalho. Para Susana, a pergunta do velho político era cínica, mas seria a expressão do pensamento de toda a sociedade brasileira?

Ela tinha o pai como conselheiro. O marido admirava seu trabalho, mas não gostava da política rasteira. Hans, apesar de concordar com o genro, achava que as pessoas sérias deviam torná-la menos repugnante. Por isso, estimulava a filha:

— Acho boa a ideia de levar a frase desse velho político ao debate.

— É uma provocação dele, mas será mesmo que queremos, como povo, ser emancipados?

Incentivada pelo pai, organizou grupos de discussão com representantes das "forças vivas da sociedade" para descobrir que ideia de democracia ia à cabeça das pessoas:

"Melhores salários e jornadas menores; educação e saúde públicas; aposentadorias integrais; bolsa para desempregados; crédito subsidiado; renda para todos".

Quanto à emancipação do povo, as pessoas só a viam como um direito. Chamavam isso de cidadania.

Susana se perguntava como a sociedade conseguiria atender a tantas demandas. Todos queriam a democracia de um estado provedor, uma democracia de favores, não de conquistas autênticas.

Reconheceu que as respostas refletiam o pensamento de uma grande parte da população, afinal a realidade era cruel para o povo. Seria justo que a democracia trouxesse um pouco de alívio. Mas imaginou que isso talvez condenaria o país a ser uma nação de segunda classe.

Aos poucos, desistiu de fazer política partidária. Concluiu que não havia condições para pregar as suas ideias. Antes, seria necessário criar uma nova mentalidade cívica: um projeto de longo prazo.

Enquanto conjecturava sobre qual rumo devia dar às suas atividades, Susana foi abatida pelo diagnóstico da doença do filho. Os médicos informaram que se tratava de uma doença rara e fatal. Cadu foi atrás de estudiosos do mal no Brasil e pediu a Lineu que pesquisasse o assunto na Europa. Para tristeza da família as opiniões convergiam para o mesmo prognóstico: a Síndrome de Reye era um mal de origem desconhecida e sem tratamento. Em poucos meses a criança morreu, acrescentando mais um capítulo trágico na saga dos Freutag.

CILADA

Camila, condenada a 15 anos de prisão, foi cumprir pena em Munique. Passou as primeiras semanas estudando a cadeia e o perfil das presas. A maioria das mulheres tinha sido detida por roubo. Havia também traficantes de drogas e as neonazistas. Estas, embora tivessem momentos de convívio com as outras, raramente se misturavam. Camila, porém, tentou se aproximar delas com um discurso antissemita, que não as convenceu. Disposta a dobrar a resistência das moças, agrediu a sua colega judia de cela com um garfo, provocando-lhe ferimentos no corpo. Foi punida com a suspensão de banhos de sol e impedida de frequentar a biblioteca por algumas semanas, mas conseguiu impressionar as novas companheiras. Fez um cálculo: elas pertenciam a um movimento proscrito. Se obtivesse informações sobre esse universo, isso podia render-lhe benefícios em um programa de delação premiada. Mas precisava iludir as alemãs para ganhar a confiança. Tinha ouvido falar de Josef Mengele e de suas atrocidades em Auschwitz. Lembrara que ele viveu foragido no litoral de São Paulo, onde morreu afogado.

— Meu pai conheceu o Mengele — mentiu Camila.

— Você é filha de alemão?

— O velho tem simpatia — respondeu, depois de soltar lentamente a fumaça do baseado. Manejava o toco de cigarro com teatralidade, como se estivesse escondendo cumplicidades proibidas. As moças não perceberam a farsa.

— Aqui é seguro. Pode falar.

— Mengele foi um bom homem. Ninguém fala mal dele na minha frente.

— Quem falaria?

— A judiazinha da minha cela. Espetei ela inteira — disse, enquanto apagava a bituca.

Saiu-se bem da encenação. As novas colegas não tinham a sua astúcia, e ela conquistou certa simpatia. Algumas daquelas sentenciadas estavam terminando o período de cumprimento das penas. Em poucas semanas estariam nas ruas. Suas crenças racistas continuavam as mesmas, apesar do castigo da reclusão, e estavam ávidas para entrar em cena. Camila convenceu-as a atacarem um alvo judaico na cidade sob um pretexto qualquer e ajudou no plano para a investida.

Na enfermaria — fazendo-se vítima de suposta intoxicação alimentar — praticou a traição: disse dispor de informações de interesse da polícia, adiantando que se tratava de um atentado terrorista, e acrescentou que o plano fora feito por internas daquela cadeia. Diria tudo em troca de atenuantes para sua pena.

— Você será transferida, por segurança, mas vou avisando que se isto for uma farsa... — ameaçou o diretor do presídio.

— Eu não vou desapontá-lo, mas preciso de advogado, e não tenho dinheiro.

— Vai ter um, pago pelo Estado.

— Posso ter alguém da minha confiança? — perguntou, pensando na ajuda de Lineu.

Nada impedia, e o antigo namorado atendeu, chegando com um defensor credenciado para atuar na Alemanha.

O resultado do processo foi satisfatório para Camila. Em troca da delação, ela conseguiu uma redução da pena, a ser cumprida em uma prisão na Suécia, em regime semiaberto.

Menos sorte tiveram as neonazistas e todo o seu grupo. O atentado concebido e denunciado por Camila foi abortado pela polícia, com a prisão dos envolvidos.

∞

As relações de Lineu com Camila já não eram as mesmas. O rapaz encontrara, em seu trabalho, um novo interesse pela vida. Estava mais seguro, e queria um futuro com menos turbulências. A distância da antiga companheira o fez conhecer outros amores e descobrir que esses relacionamentos podiam ser brandos sem perder o calor afetivo. Mas a volta da moça trouxe-lhe inquietação. Embora ela passasse as noites na cadeia, no escritório — onde recuperara o cargo — era sua vizinha de mesa. Ela se aplicava ao trabalho, e seu estilo em nada lembrava a mulher vulcânica de outrora. Conversavam sem ressentimentos.

— Sabe, Lineu, eu tomei muita porrada da vida.
— Você se arrependeu do que fez?
— Não, mas tá na hora de mudar...
— Caramba! Onde foi parar a guerrilheira obstinada?
— Não tenho mais saco pra guerrilha. Eu tô cansada, quero sossegar.

Mais uma artimanha de Camila para enredá-lo, pensou Lineu. Já fizera isso antes, mas dessa vez ela parecia diferente: sempre tinha uma frase para comprovar que era uma nova mulher. Declarou-se devota de Santa Edwiges, e que aprendeu a admirá-la na prisão.

— Você sabia que a Santa Edwiges é a protetora dos presos?
— Que papo é esse, Camila?
— Não, é sério. Ela largou tudo depois que perdeu o marido e os filhos, e foi se dedicar aos necessitados.
— Tá igual a história da alemã do Baader-Meinhof.
— É, mas a santa não foi pra luta armada.
— Camila, desse jeito você vai ser beatificada.

Caçoava, mas Lineu se intrigava com a súbita religiosidade. Apresentando comportamento exemplar, ela conseguiu permissão da Justiça para frequentar a missa uma vez por semana, depois de deixar seu trabalho no escritório. Nunca permitia que Lineu a acompanhasse, ora alegando que ele não fosse católico, ora que não tinha fé. Mas não o impediu de voltar para ela.

O caso não tinha o ardor dos primeiros tempos, viviam relações amadurecidas. Faziam planos para quando ela deixasse a prisão, e falavam em voltar ao Brasil para formar família.

No início, Lineu foi desprezado pelos colegas por ter uma mulher cumprindo sentença, mas aos poucos o mal-estar dissipou-se, e Camila ganhou respeito por atos de caridade que passou a praticar.

PERSEGUIÇÃO

O Brasil vivia um prenúncio de abertura política, mas havia "milicos linha-dura" que não admitiam voltar aos quartéis. Para eles, a rebeldia dos Freutag devia ser punida e, por isso, passaram a difamá-los. Diziam que, por causa de envolvimento em escândalos financeiros, foram proibidos de fazer negócios com as estatais. Alardeavam aos empresários que Hans passara a apoiar os opositores como retaliação, mas que ele pagaria um preço alto pela traição. Embora a calúnia não fosse bem digerida, entenderam o recado distanciando-se do colega.

Logo, a empresa da família passou a ser severamente fiscalizada. Com os livros contábeis sem indícios de fraudes, refinaram a bisbilhotice para garimpar falhas banais, obrigando os dirigentes a oferecer propinas para poder trabalhar em paz. Era uma armadilha para pegar Hans em flagrante. Numa das vezes, o velho recebeu voz de prisão de um policial federal.

Já sem amigos no governo, ele teve de se contentar com a lei para se defender. O que não foi suficiente para se livrar de três anos na cadeia. Na condição de idoso e doente, obteve da Justiça o direito de cumprir a pena em recolhimento domiciliar.

A família entendeu que ele fora vítima de perseguição política. Alguns poucos amigos também se mantiveram solidários. E Hans tinha permissão de receber Eustáquio graças a uma liminar que assegurava direito à assistência religiosa. Eles se encontravam com regularidade.

— Este país seria cômico se não fosse trágico — resignou-se em certa ocasião.

— Um padre católico, comunista, autorizado pela Justiça fascista a trazer a palavra de Deus a um presidiário capitalista, protestante e incrédulo — completou o padre, indicando sintonia com o que ia pela cabeça do amigo.

— É... Sabe, Eustáquio, eu já nem me importo de estar preso. Minha vida acabou quando eu perdi o meu filho.

— Seu filho está vivo.

— Deixa pra lá. Você não entende essa dor. Até onde eu sei você não tem filhos.

— Os meus filhos são o rebanho de Cristo — exagerou o padre.

— Essas metáforas não me ajudam.

— Tá bom. Agora me diz o que te angustia.

— Não, eu ia dizer que não dou a mínima pra essa situação de indigência em que vivo. Minha tristeza é pelo país. Eu achei que ajudaria a construir uma grande nação. Trabalhei duro pra isso...

— Vou lhe confessar uma coisa. Eu também achei que a Igreja Católica podia ter uma missão social relevante, mas o que faz é migalha diante do que precisa ser feito.

— Eustáquio, esquece. Isso não é missão pra igreja nenhuma. Limite-se a administrar a fé de quem a tem. Se fizer isso já tá fazendo muito.

— Mas é pouco pra mim. Quero entrar na política.

— Vai deixar a batina?

— Não sei. Estou pensando.

Hans se surpreendeu com a declaração do padre, mas seu estado de espírito era de desesperança. Tomou aquilo como um gesto inconsequente, e esqueceu o assunto.

A FORÇA DE SUSANA

Cadu seguiu conduzindo a empresa, mas era apenas um bom gerente. Faltava-lhe instinto empreendedor para enfrentar os desafios dos negócios. Sem o sogro e com a bota do governo na cabeça, não conseguia mais conquistar clientes, tampouco criar novos produtos. A administração da carteira dos fregueses antigos mal dava para pagar os compromissos.

Em casa, Cadu não podia contar com a esposa, que, abalada pela morte do filho, encontrou na luta pela "emancipação do povo" ocupação para abrandar a dor. Susana tentava superar o sofrimento, dedicando-se obstinadamente às suas novas ideias. Ela as tinha claras, mas precisava de um figurino de fácil entendimento. Queria um modelo que se adaptasse às necessidades brasileiras.

Ela não se permitia o abatimento, e com humor amargo descontraía-se. Gostava da frase "Não pergunte o que o seu país pode fazer por você...", de Kennedy, e exibia a sua versão zombeteira: "Tire a bunda da cadeira, mexa-se e resolva seus problemas". Era o avesso do socialismo radical do irmão.

Um dia, num livro de botânica, achou um texto sobre a azaleia, que apontava o frio e a seca como o fator de floração da planta. Segundo essa fonte, a flor seria a resposta às incertezas. Susana gostou do que lera, e adotou o tema para seu projeto. Uma azaleia branca tornou-se símbolo da campanha. Nas sessões que organizava com as suas seguidoras, mostrava um pôster com a flor seguida da frase "Na adversidade a azaleia floresce". Era esse o mote para ela desenvolver suas ideias libertárias, mas tinha o cuidado de não fazer de sua pregação um amontoado de conselhos de autoajuda. Sempre convidada a falar, ela desenvolvia essas ideias sem medo das críticas.

— Vocês não vão ter uma "receita de bolo". Eu quero que pensem de um jeito diferente. Deixem pra trás velhos conceitos, e se convençam de que são as donas do seu destino.

— Mas o que fazemos com nossos maridos, nossos chefes, nossos filhos? — perguntavam.

— Não esperem nada deles que vocês não possam conquistar com seus próprios méritos.

Discurso feminista? Não, não, não, pensava ela. O feminismo é sectário, e o movimento de emancipação social é universalista. A individualidade deve ser respeitada, cada um com o seu próprio valor. Nada de igualitarismos demagógicos, pregava às suas ouvintes.

Susana fora corajosa num tempo em que o conceito de igualdade ganhava a mística dos dogmas. Contrapor-se era considerado herético, mas ela não se intimidava com a virulência das "patrulhas", raciocinava sem as amarras do pensamento dominante.

— Você é conservadora — acusavam.

— E vocês são estúpidos — devolvia.

Ela recusava rótulos, e surpreendia-se com a constatação de que homens e mulheres instruídos não conseguiam formular ideias sem a ajuda do arcabouço marxista. Repetia sempre a frase "Livre pensar é só pensar", de Millôr Fernandes, para zombar desse bloqueio mental. Essas descobertas fizeram-na entender o aprisionamento intelectual do irmão. Ela acreditava que essas pessoas fossem tomadas por uma espécie de conversão religiosa: debruçavam-se sobre livros que consideravam sagrados e acreditavam em dogmas. Defendiam-se, maldizendo os incrédulos. Susana foi acusada de fascista por apregoar a ambição, o risco, o mérito e a liberdade individual como virtudes para o progresso do país.

O sistema socialista era a utopia, o sonho de uma geração por um mundo melhor. Quem podia ser contra? Mas já corria, mesmo entre alguns intelectuais, que o socialismo real não funcionava, e Susana supunha que a causa fosse a inadequação da doutrina à natureza humana. Talvez desse certo com as formigas, as baratas... Pensava: nossa espécie animal é um monumento à egolatria, o que não é uma virtude. Porém, é a autoestima que faz a gente ter vontade de viver.

— E você quer uma sociedade feita com os defeitos das pessoas? — arguiam os jovens de seu círculo engajados em política.

— Eu não quero fazer nada. A sociedade que se construa por si própria. Eu só quero que ela floresça com liberdade.

— Mas o nosso papel é corrigir as injustiças.

— Sabe qual é o problema de vocês? A soberba.

O desafio apresentou-se maior do que Susana previra. Nos meios empresariais, estudantis, sindicais e jornalísticos, suas palavras ou não eram compreendidas, ou eram rechaçadas. Via o país dividido entre a ditadura fascista e a oposição marxista, o Bem e o Mal, e cada lado podia ser um ou outro, a depender do ponto de vista do observador.

Um empresário, amigo de Cadu, encampou as ideias dela, e prometeu-lhe ajuda para lançar um jornal. Ele acreditava que o "progressismo embolorado" da oposição precisava da "ousadia conservadora" de Susana. Nascia o *Mexa-se*.

GARRAS DE CORONEL

Comida congelada *delivery* era o negócio de Neusa. Ela adotou o sistema de entrega em domicílio pela novidade, mas também porque gostava de visitar as clientes em suas próprias casas. Depois que se mudara da Penha, descobriu uma nova cidade, moderna, mais rica e excitante. Suas freguesas moravam em edifícios altos, chiques, com vista panorâmica. Quando saía de casa para levar as encomendas, dizia para o marido que "ia ficar mais perto de Deus".

Depois que deixara o sindicato, Gisberto perdeu referências. Não sabia como interpretar os negócios da mulher, e isso o angustiava, porque seu mundo era binário. Se a atividade da mulher não fosse própria do proletariado, seria coisa de burguês. Mas como saber? Na dúvida, quando se encontrava com antigos colegas, preferia dizer que a esposa trabalhava como entregadora. Era mais nobre.

Os congelados viraram moda na cidade, e Neusa prosperou. Precisou ampliar suas instalações e comprar um carro de entrega. Gisberto tornara-se sócio da mulher, mas usava roupa de operário para esconder sua condição capitalista.

Eles tinham no rol de clientes a esposa de um coronel ligado à repressão, fato que desconheciam. Na casa, vivia uma garotinha de uns 3 ou 4 anos, de traços orientais e olhar triste. Como dona Neusa fosse quase íntima da casa, não conteve a curiosidade de saber quem era aquela menina de feições diferentes. "É nossa filha", dizia a mulher. Intrigada, fuxicou na vizinhança esperando conhecer toda a história: "Chegou faz uns meses... Dizem que é adotada... Falam que os pais foram torturados... estão mortos... O homem é do Exército...

É melhor a senhora não se meter nisso..." A história parecia assustadora, e Neusa ficou com medo, mas relatou-a a Cadu. O filho recomendou que a mãe não comentasse o assunto, e que continuasse a visitar a mulher do coronel para não despertar suspeitas.

Indignado, queria investigar o assunto através do jornal que Susana tinha acabado de lançar: um veículo a "serviço da ditadura fascista", segundo a esquerda, e "um libelo a favor do marxismo", de acordo com alguns setores militares. Essas opiniões não surpreendiam. Susana tinha consciência de que poucos entenderiam a proposta. Era mesmo sutil para aqueles tempos sem meios-tons. Mas essa confusão podia ajudá-la na investigação do caso da garotinha encontrada pela sogra. Susana se lembrava de que ouvira Lineu comentar, em Paris, o sumiço de um casal de nisseis nas mãos da repressão, e que havia uma criança. Eram do interior de São Paulo, talvez Marília. Com o pretexto de cobrir a história da imigração japonesa, arranjou um repórter para ir à região.

O jornal defendia um sistema econômico liberal, por isso o *establishment* acolheu sem restrições o trabalho do jornalista. Ele conversou com autoridades locais, empresários, religiosos, mas da história do casal desaparecido pouco ouvia: seriam filhos de agricultores, falavam em sequestro. O assunto era evitado na cidade e quem falava nunca citava nomes. Cadu costumava viajar com Susana à cidade para ajudar na apuração do caso. Eles se apresentavam como comerciantes da capital. Visitavam famílias lavradoras e se estendiam nas conversas. Ele falava de preços e prazos com os homens, e ela entretinha as mulheres com histórias sobre filhos e a rotina doméstica. Com Susana, as mulheres sentiam-se à vontade para revelar particularidades de sua vida, mas sobre o desaparecimento dos jovens nada falavam.

Ocorreu que, em uma das residências, foram recebidos por uma velha senhora oriental, que os deixou na sala. Enquanto esperavam, ouviram uma conversa que parecia em japonês. Susana, percorrendo o ambiente com os olhos, notou fotos de uma menina pequena espalhadas pelos poucos móveis que decoravam o cômodo. Ela apanhou e escondeu uma delas em sua bolsa. Instantes depois chegou um homem idoso desculpando-se por não poder atendê-los. Saíram com a sensação de ter encontrado uma pista.

Neusa confirmou que a garota que vira na casa do coronel era a mesma da foto que Susana lhe mostrara. Podia jurar por Nossa Senhora da Penha.

Diante do quadro que tinham, Cadu achou arriscado engajarem-se na operação de resgate da menina sem apoio de organismos internacionais, e que Lineu devia ser envolvido para facilitar essa conexão. Mas, para isso, a denúncia precisava estar respaldada por fatos consistentes e irrefutáveis, e a família da vítima teria de se manifestar.

O caso era delicado, e os obstáculos começavam com os supostos avós da garota — os velhos que não quiseram falar. A condição de imigrantes, os problemas com a língua, a cultura, a situação econômica e o medo impediam seu engajamento.

Mesmo sem ter ideia do que viria depois, Susana pediu ao repórter que permanecesse em Marília para uma aproximação com a comunidade japonesa e com os possíveis parentes da garota. Queria angariar a confiança daquelas pessoas e — com a ajuda de Eustáquio — atrair aquela comunidade à esfera de influência da Igreja. Seria um primeiro passo.

O RESGATE

A operação, que agora parecia reunir os Freutag novamente, estava tomando corpo, mas os recursos da família não eram suficientes. Então, Suely se dispôs a convencer os poucos amigos que ainda lhes restavam, e que podiam fazê-lo com discrição, a suprir fundos para a empreitada.

Para o engajamento de Lineu, Susana partiu ao encontro dele. Não podia despertar atenção dos órgãos de segurança.

E Neusa, com seus pratos apetitosos, manteria o interesse da mulher do coronel nos congelados, assegurando a regularidade de suas visitas, como se fosse uma agente infiltrada.

A distância, Hans observava essas articulações, e percebeu que a família recuperava certa funcionalidade. Notava que o senso de missão, que fora uma característica dos Freutag, ressurgia. Ficara para trás o propósito de promover a economia do país, é verdade, mas em seu lugar emergia o desejo de livrar o Brasil do ultraje a que a repressão militar condenara. Eram novos tempos, e ele gostava do que via em casa. Mas a idade, as doenças e sua condição de sentenciado da Justiça não o fizeram protagonista dessa nova fase; porém, era ouvido e consultado nos momentos graves. Foi o que ocorreu quando Susana o procurou antes de ir ao encontro do irmão na Suécia. O pai incentivou-a e recomendou-lhe não revolver o passado. Desejava uma nova ordem nas relações familiares. Pressentia, talvez, a proximidade da morte, e não queria partir com a família despedaçada.

∞

A história da menina causou indignação aos Freutag. Concluíram, também, ser impossível restituí-la aos parentes se não agissem por conta própria.

As primeiras notícias sobre o assunto, que chegavam de Susana, vindas de Estocolmo, revelavam o que Lineu ouvira de um companheiro da guerrilha. Segundo essa versão, um acidente de automóvel levou à prisão um militante. Junto com ele teriam sido presos dois jovens nisseis com a filha pequena. O militante foi solto, em troca da libertação do cônsul japonês, sequestrado alguns dias antes. Do casal e da filha, ele nada sabia.

Lineu se encontrava num bom momento de vida. Apesar de sua tristeza por estar longe da família, dedicava-se ao trabalho e parecia estar bem com Camila, cuja fé em Santa Edwiges ganhara consistência: ela passou a frequentar a igreja todos os dias, antes de se recolher ao presídio, e de lá saía com livros. Dizia a Lineu — quando questionada sobre as visitas diárias ao templo — que se ocupava de um trabalho missionário com as reclusas.

Certa manhã, porém, Lineu recebeu a visita de um policial, que o levou à delegacia, onde soube da denúncia: Camila fora acusada de tráfico de drogas. Recebia a mercadoria de um comparsa na igreja, onde se encontravam, e a revendia dentro da cadeia. Ela se justificou, alegando que o dinheiro era para a luta política. Mas Lineu acabou sendo enroscado em mais uma estripulia policial da namorada.

A presença de Susana ajudou o irmão a enfrentar mais essa decepção com Camila. Ele não se surpreendeu totalmente com o crime da moça, porque dela deveria esperar qualquer coisa. Sua revolta foi consigo mesmo. Já tivera a oportunidade de superar essa paixão, tinha conseguido por algum tempo, parecia curado, mas não fora capaz de evitar a recaída. Restava-lhe, naquele momento, salvar a sua reputação e livrar-se da Justiça sueca.

∞

De Marília chegavam notícias que reforçavam a suspeita de que a menina era mesmo neta da senhora japonesa visitada por Susana e o marido.

Ela seria a filha de um casal nissei desaparecido nas águas do rio Paraná, e estava na capital, aos cuidados de uma família da qual nada se sabia. O jornalista encarregado de apurar o fato achara a versão incompleta e foi atrás de toda a história. Na busca encontrou um monge budista, amigo dos jovens desaparecidos, que trouxe luz ao caso.

— A Yumi e o Takeshi foram meus colegas de escola. Os pais deles chegaram do Japão com os meus. Nós crescemos juntos, mas sabe como é... quando ficamos adultos, eles escolheram a política, a luta armada... Foram lá pro Vale da Ribeira... Pra guerrilha... Eu virei monge... A gente pensava muito diferente, mas éramos amigos... O que fizeram com eles é revoltante. Tiraram a filha deles. Roubaram ela...

— Mas e os teus amigos? Mataram eles? — perguntou o jornalista.

— Não. A ordem era pra matar, mas eles conseguiram escapar. Estão escondidos no Peru. Lá a colônia japonesa é grande...

— A polícia sabe?

— Acredita que estejam mortos, mas não acharam os corpos. O carro em que estavam caiu no rio Paraná durante uma perseguição policial.

— E como foram até o Peru?

— Eles estavam muito feridos, mas conseguiram chegar até a outra margem. De lá, chegaram na Bolívia e, depois, em Lima, onde moram.

— Eles têm família?

— Têm. Os pais dela morreram e os dele moram aqui em Marília.

— Eu preciso confirmar isso com eles. Você vem comigo?

Encontraram os velhos assustados e reticentes em falar, mas a presença do religioso budista e a habilidade do jornalista quebraram a resistência, e, aos poucos, a narração do drama foi adquirindo o contorno revelado pelo monge, acrescentando que a filha do casal fora levada da casa dos avós por um militar.

∞

Nesse ponto das averiguações não havia mais dúvida sobre a veracidade da história. Pela frente, então, estava o desafio de resgatar a criança das mãos da mulher que a mantinha arrebatada da família.

Na circunstância em que esse crime ocorrera, o caminho da Justiça não era possível. As instituições a quem se poderia recorrer estavam subjugadas pelas forças da ditadura. Ainda que setores militares mais tolerantes mostrassem a intenção de afrouxar o regime, os "linhas-duras" mantinham-se no poder. Essa dissensão não permitia o caminho da legalidade para recuperar a menina.

∞

Em uma reunião na casa dos Freutag, queixavam-se da dificuldade de fazer essa criança voltar para a guarda dos avós. Susana — já de volta da Suécia — estava presente, assim como Eustáquio, que fazia uma das suas visitas regulares a Hans.

— Nós precisamos trazer essa menina de volta — disse o padre indignado.

— Ah! Como eu gostaria de estar livre e ter forças... — exclamou Hans.

Embora pouco pudesse fazer, a atitude do velho lembrava os tempos em que ele encarava os desafios com bravura.

— Nós vamos enfrentar essa gente com os métodos deles. Vamos ter que retirar à força a garota das mãos dessa mulher — continuou Eustáquio.

— Eu acho que é o único jeito, mas pra isso vamos ter que estudar a rotina da família — comentou Susana.

— Por que você não traz o rapaz que te ajudou lá em Marília? — Cadu perguntou à mulher.

— Acho também que a gente devia trazer o monge que revelou a história. A criança deve conhecer ele. Vai ficar mais fácil... — completou.

— Não se esqueçam de que a menina não pode ficar no Brasil. E não pode ficar sozinha. Os avós têm que estar junto dela. Acho que os três vão precisar de asilo político em algum consulado, talvez o sueco — ponderou Hans, pensando na ajuda do filho.

AJUDA EXTERNA

Lineu ainda se defendia das suspeitas de envolvimento no caso das drogas em que Camila se metera, mas o processo caminhava para um desfecho favorável. Ficara claro que seu relacionamento com ela não incluía o tráfico. A trajetória de cada um no exílio provava que tinham atividades distintas e independentes. Colaborou também a complacência com que as autoridades suecas viam jovens perseguidos em seus países por defenderem seus ideais. Eram considerados militantes da liberdade desafiando regimes autoritários. Mesmo a luta armada era admitida com alguma benevolência pelos escandinavos por acreditarem ser esta uma via legítima quando há supressão das regras democráticas.

Aproveitando-se dessa tolerância, Lineu encaminhou com sucesso um pedido de ajuda ao Ministério das Relações Exteriores da Suécia, que acompanhou e deu suporte aos desdobramentos do caso da menina.

Ficara distante o tempo em que os Freutag desfrutavam da opulência e do convívio com os ricos. Por terem alcançado aquela condição com perseverança e trabalho, também se tomavam como bons cidadãos. Mas os tropeços que a vida impusera fizeram a família sofrer com as perdas e frustrações, abalando a autoestima de todos. A coesão do clã em torno do resgate da menina parecia devolver uma parte do amor-próprio perdido.

Ninguém comentava, mas o gosto da convivência familiar que sempre estivera presente entre eles, e que se apagara com a fuga do filho, atrevia-se a ressurgir. Era um sentimento contraditório:

desfrutavam da alegria de ter, naquele momento, Lineu unido à mesma causa; mas a dor que ele provocara ainda se mantinha viva. Assim, restaria um longo caminho até que pudessem perdoar o filho; porém, aquele episódio marcava um ponto de inflexão nas relações, em que seria razoável conjecturar uma reconciliação. Distante, mas possível.

Susana e seu ajudante se puseram a esquadrinhar a vida da menina. Estudaram sua rotina diária, percursos que fazia com pessoas que a acompanhavam, e identificaram os movimentos que se repetiam. Eles também apuraram as circunstâncias que envolveram o militar. Vasculharam a vida do coronel e suas conexões castrenses. E estabeleceram as ligações dele com a tentativa de assassinato e do sumiço dos pais da criança.

Essa história contada na imprensa estrangeira era o desejo de Susana, a única maneira de fazer o registro público daqueles acontecimentos. Com tal respaldo poderia publicá-la em seu jornal. Assim, mantinha Lineu atualizado sobre a investigação através de relatos periódicos, que ele deveria repassar aos meios de comunicação, quando a menina já estivesse em território seguro.

A operação de resgate se deu quando ela brincava em um parque sob os cuidados de uma babá. Susana desviou a atenção da moça, enquanto o monge atraía a criança. Eustáquio esperava-os com o veículo para rumarem ao consulado. Lá, já se encontravam os avós, que junto com a menina — e na condição de asilados políticos — embarcaram para a Suécia.

O processo da concessão do asilo diplomático e da ida deles para Estocolmo fora articulado por Lineu. Com o sucesso do resgate, ele divulgou o caso para os jornais locais, apostando que o tema repercutisse em toda a Europa.

Não se enganou. Prisões e assassinatos não surpreendiam porque era a rotina da polícia nesses casos, mas roubo de filhos das vítimas apresentava uma face inusitada da repressão latino-americana. Por isso, a notícia espalhou-se pelo continente.

Lineu estava em evidência. De exilado político anônimo, passou a articulador de um movimento diplomático internacional em defesa dos direitos de uma família. Ganhou visibilidade atando laços, amarrando pontas. Seu passado, ao contrário, pensava ele, era pródigo em rompimentos. Admitia, agora, que a boa articulação política talvez pudesse mais do que a ação violenta da luta armada. Lineu começava a pensar diferente.

MORDAÇA

As primeiras edições do *Mexa-se* já circulavam. O projeto editorial, considerado de direita por pregar o livre mercado, não atraía muitos jornalistas, mas Susana contava com a colaboração de empresários e alguns intelectuais independentes.

A proposta do jornal era provocadora. Falava em democracia e capitalismo. Com isso desagradava tanto os militares quanto a esquerda oposicionista. Mas com sua modesta tiragem não incomodava os críticos.

Conforme prometera, Lineu fez chegar à irmã o que fora publicado na imprensa europeia sobre o caso da menina. Era farto o material. Havia denúncias com supostos nomes de policiais envolvidos, endereços das sessões de tortura, e sobre o coronel, um dossiê preparado por um desafeto da própria corporação.

A edição especial do jornal foi aguardada com alguma expectativa. Susana se arriscara, mas publicou tudo o que tinha, e completou com o que apurara localmente. Um incêndio, porém, destruiu o depósito com os exemplares, horas antes da distribuição. Havia indícios de ação criminosa.

Dias depois, enquanto Susana e o marido ainda recuperavam o que sobrara do jornal, o casal foi visitado por um militar de alta patente, que, a propósito de solidarizar-se com eles, fez advertências:

— A tropa admira o seu jornal e lamenta o prejuízo.

— Não quero a admiração da sua tropa. Só que me deixem fazer o trabalho. E o prejuízo não é só meu. A democracia também perde quando a imprensa é empastelada — respondeu Susana.

— Eu sou democrata, por isso estou aqui.

— Além do porrete, a hipocrisia... — murmurou Cadu irritado.

— Eu também não gosto desse coronel que vocês denunciam. É um sujeito infame e o crime dele é abominável — disse o militar.

— E por que nos calam? — perguntou Susana, indignada.

— Ele e seu grupo são contra a abertura democrática. Denunciar ele agora é dar munição pra essa turma endurecer ainda mais o regime.

— Vocês querem a docilidade do cordeiro, mas quem vai segurar a onça? — ironizou Susana.

O homem explicou que o regime caminhava para uma abertura, mas que a estrada seria longa. E que insistir nos atalhos poderia pôr a jornada em risco. Sabia sobre a família Freutag, e acenou com uma lei de anistia, que traria Lineu de volta.

Aos olhos de Cadu e Susana — abalados com as atrocidades do regime — conversar com um cidadão fardado que lhes oferecia uma tênue esperança animou-os, e, mesmo inconformados com a destruição do jornal, decidiram acatar os seus argumentos. O homem assegurou, também, que o incêndio não fora obra do grupo dele.

Depois de reparar os danos, Susana perseverou no propósito de fazer do *Mexa-se* um baluarte das ideias liberais, e não se dobrou completamente ante o caso da menina de Marília. Apenas o tratou em limites aceitáveis, conforme orientara o militar.

∞

A firma dos Freutag era apenas uma sombra do que fora no tempo de Hans. Cadu lutava para manter as portas abertas e os poucos empregados. As encomendas minguavam, e as contas se equilibravam com seguidos cortes de despesas, o que impedia investimentos. O encerramento das atividades era uma questão de tempo. Hans não podia, porém, responsabilizar o genro pelo destino desastroso do negócio. Ainda que ele não tenha sido um empreendedor visionário e ambicioso, fora vítima, também, do ambiente de negócios: a alta inflação e o boicote.

A situação financeira da família só não era pior porque o clã tinha um grande patrimônio, capaz de pagar as dívidas da empresa e ainda prover os gastos de Hans e Suely.

Cadu apresentou aos sogros o cenário em que a melhor opção era o encerramento das atividades, com a venda de imóveis, mas a sogra recusou-se a dispor da casa em que moravam, para evitar mais desgosto ao marido.

DESCRENÇA

O jornal de Susana, que já ocupava parte do tempo de Hans, passou a receber mais atenção depois do incêndio. Já livre da prisão domiciliar, ele colaborava na escolha da pauta e escrevia uma coluna política, que, em consideração à filha, revelava alguma esperança na normalização democrática do país. Na intimidade, porém, via um futuro incerto. Às vezes desabafava.

— O povo não quer a democracia liberal — comentou certa vez com Susana.

— Pai, é preciso ensinar o que é democracia liberal.

— É, mas quem pode ensinar não acredita nela.

— Eu acredito e vou defender ela no *Mexa-se*.

— Você tem o meu apoio, mas não se decepcione se o discurso não colar.

— Ah, pai...

— Essa turma tá na rua pregando a democracia... São cínicos... Eles querem um Estado totalitário... Socialistas pernósticos!

— Não desanima. Eu sei que é pouco o que fazemos..., mas uma hora as pessoas acordam... — resistiu.

— Eles falam em dividir a riqueza, mas não se preocupam em pensar como ela é construída... O empresário é tratado, na melhor das hipóteses, como um mal necessário — continuou Hans, sem dar atenção à filha.

O abatimento vinha da experiência pessoal agravada pelos infortúnios, mas a descrença tinha, também, outras causas. Pelo que ouvia dos líderes da resistência ao regime, temia que a democracia desenhada seria um festival de direitos. De fato, soavam argumentos, bem emoldurados no estilo, mas incongruentes no conteúdo, reduzindo a solução dos problemas sociais e econômicos a uma vaga "vontade política". Nem uma palavra sobre como dar lastro às promessas.

Intelectualmente, Hans era um solitário. À exceção de raros pensadores independentes, a unanimidade se fazia em torno — segundo ele — de uma demagogia narcótica: a oferta de pequenos favores que mantinha a sociedade esperançosa, mas entorpecida.

A fé religiosa da sociedade, também, favorecia a cultura do populismo. No plano de Deus tudo é possível, basta crer. Essas reflexões angustiavam Hans, fazendo-o ainda mais cético quanto à capacidade dos brasileiros de terem um país à altura do seu potencial.

Embora desanimado com os rumos da economia, o velho recebeu com alento a lei da anistia política, supondo que o filho buscasse restaurar os vínculos familiares. Cadu, que se comunicava regularmente com ele, conhecia as intenções do amigo. Ficara claro seu desejo de voltar e de recuperar a convivência com os pais. Lineu, porém, sabia que não podia vir como se chegasse de uma viagem trivial. Tinha de se apresentar como um homem que soube se superar. Ele se via desqualificado por seus atos e fracassos, e não esperava o perdão. Mas queria dar à família alguma recompensa, mostrando-se capaz de cuidar de si mesmo.

Esse pensamento o acompanhava nas semanas que antecederam seu retorno ao país. Sabia que êxito no mercado de trabalho não seria fácil. Faltava-lhe estudo, experiência, referências...

Ironicamente, o que se apresentava como fonte de renda plausível era a atividade empreendedora. Um negócio que, com algum investimento, pudesse assegurar seu sustento.

Enquanto se organizava para o retorno, soube de um navio cargueiro que partiria dali a alguns dias para Porto Seguro, onde havia oportunidades no comércio e serviços para turistas. Decidiu embarcar, com o desafio de reerguer sua vida naquela região, antes de se apresentar à família. Lá permaneceu, até que fosse chamado por Cadu por causa da enfermidade de Hans, que se agravara.

RECOMEÇO

Instalado na biblioteca da casa da família, depois da visita que fizera ao pai hospitalizado, Lineu compreendia o desabafo da mãe. Ele não esperava uma acolhida calorosa. Sabia que teria de construir novas relações com os pais, mas que, antes, a mágoa subjacente devia ser drenada. E que isso seria lento e doloroso como um ritual de luto.

Para Suely, os primeiros momentos com Lineu foram conflituosos: o júbilo do presente embaralhou-se às sombras do passado. Queria agarrar-se ao filho e acariciá-lo com ternura, e, no mesmo gesto, castigá-lo com rancor. Dirigia-lhe críticas duras entremeadas de frases afetuosas. Mas essa fermentação de emoções contraditórias, aos poucos, foi perdendo ímpeto. O curso da vida cuidava para que a normalidade fosse restabelecida.

Ao entrar no escritório, Cadu se lembrou da primeira vez que esteve naquele lugar, havia quase vinte anos. Daquela vez, Lineu era o príncipe à espera do trono, e ele o plebeu. Agora, desempenhavam outros papéis, e, desta vez, o amigo não demonstrava a segurança de outrora.

— A gente não pode trazer o seu Hans pra casa? — perguntou Cadu.

— Acabei de resolver a transferência dele. Nós vamos montar aqui uma unidade de atendimento hospitalar — respondeu Suely.

— Seu Hans vai gostar... — comentou o genro.

— Ah, seria bom! Eu gostaria de ficar mais perto dele — alegrou-se Lineu.

— Teu pai vai gostar de ouvir isso — disse a mãe, demonstrando acolhimento.

O retorno de Lineu provocara em Suely um pensamento recorrente e grave: se a vida não tivesse enveredado por caminhos sinistros, manteria o conforto da paz doméstica; mas talvez não tivesse abandonado a rotina de frivolidades. Deplorava a trajetória do filho, mas não menosprezava o próprio amadurecimento.

Durante a primeira internação do marido — à época do sequestro — passara muito tempo no hospital. Lá, conhecera o serviço de voluntariado, do qual se aproximou. Gostava de conversar com as "senhoras de rosa". No começo se perguntava como aquelas pessoas educadas — entre elas, várias de famílias abastadas — gastavam o tempo com atividades desagradáveis. Ocorria-lhe na época que talvez o fizessem como fuga por algum desgosto afetivo. Mas a alegria com que trabalhavam não deixava dúvida de que estavam lá por outras razões. Deprimida, tinha buscado conforto nas histórias que ouvia dessas pessoas, e se tornou íntima de uma das voluntárias. Numa tarde, lembrava-se agora, desabafou com a amiga:

— Eu já pensei em suicídio.

— Eu também... Até tentei me matar — respondeu a senhora, dando o braço a Suely.

— É mesmo?

— É, foi um momento difícil... Parecia a única saída.

— Desculpe, eu não queria...

— Olha, eu falo disso sem problema. Foi chegar quase à morte que me fez acordar.

— E por isso você veio pra cá?

— É, mas eu me tratei antes.

— Eu... Eu não sei... Pra mim tá tudo muito confuso...

— Suely, dá um tempo... Cuide do seu Hans... A tua família vai precisar de você. Concentre-se nisso.

— É, eu sei. Você tem razão...

Fora um conselho banal, mas Suely o seguiu. Deixou de lado o que não fosse a difícil recuperação de Hans na época e o suporte à filha adolescente. Abdicara naquela circunstância da pompa e da proeminência social ao convergir sua atenção às prioridades; realizava aqueles afazeres com prazer, apesar do sofrimento.

Passada a fase crítica do tratamento de Hans, Suely se vira com tempo livre, e resolveu ocupá-lo com o trabalho voluntário no hospital em que estivera o marido, tornando-se mais uma "senhora de rosa". Como voluntária, ela acabou assumindo o posto de diretora do serviço. Tempos depois, passou a integrar o conselho de administração do hospital. Foram conquistas que devia a si própria, o que de fato a orgulhava.

Agora, muitos anos mais tarde, e estando Hans a requerer novamente cuidados médicos, esse estado de espírito ajudava a organizar a vida da casa. Assim, montou na mansão uma unidade de atendimento hospitalar para receber o marido.

A providência da mulher mostrara-se acertada: Hans, na residência, tinha mais disposição para falar e parecia feliz.

— Só assim pra ver a família reunida — o velho comentou com Lineu, dias depois.

— Mas as circunstâncias podiam ser outras... — respondeu o filho.

— É, mas você vai se surpreender... eu estou em paz.

— Quanta desgraça por minha causa... — lamentou.

— No começo foi muito difícil... — continuou o pai, sem se abalar com o comentário do filho.

— Como o senhor superou tudo isso? ... — perguntou, depois de um longo silêncio.

— Eustáquio, aquele padre comunista desmiolado...

— O que ele fez?

— Os católicos... Eles têm esse negócio da compaixão cristã, do amor incondicional... Eu não gosto muito disso, mas foi o que me ajudou.

— ... dar a outra face... — disse Lineu.

— É... Mas é uma coisa um pouco diferente. Eu compreendi que precisava relativizar aquele pesadelo...

— Ah, pai... Eu tenho um aperto... um sufoco...

ACERTO DE CONTAS

Ao contrário de Suely, Hans superara o ressentimento, mas suspeitava que isso não bastasse para reduzir a dor do filho. Um trauma daquele tamanho não se curava com um pedido de desculpas seguido do perdão. Essa formalidade já se dera entre eles; mesmo assim, o tumor permanecia vivo na alma de Lineu. Extirpá-lo exigia perfurar a carapaça que ele adquirira na militância.

De fato, na luta armada, Lineu fora treinado para não ter piedade. Em uma ocasião, perguntou ao superior se a vítima de um sequestro seria mesmo assassinada caso o pagamento do resgate não fosse feito. Teve resposta afirmativa, e que a missão seria dele, "pra você ir se acostumando".

Lineu interpretou a zombaria como eventual tarefa, e sabia que se não controlasse as emoções não ia dar conta do trabalho. Assim, aprendeu a ser duas pessoas: ele mesmo e o Alemão, seu nome de guerra. Desse modo, em todas as atividades da luta armada de que ele participou, o fizera como o outro. Por esse mecanismo, mantinha o próprio eu a salvo das ações que praticava. No sequestro que vitimou o pai, manteve esse padrão mental. Como Alemão, considerou o episódio um mal necessário para o qual estava preparado. Com isso, evitou o sofrimento do Lineu. E foi assim que se manteve durante o exílio: lamentava, mas com um distanciamento impróprio para a condição de filho. Essa farsa desabou quando reencontrou os familiares. Hans, porém, ajudou-o a lidar com a consciência atormentada:

— Lineu, não sou eu que vou te aliviar — continuou o pai.

— Como assim?
— É você mesmo que tem que se perdoar.
— Eu não consigo... — afirmou o filho.
— Às vezes, falar do "pecado" ajuda.
— Pra quê? Pra explicar o inexplicável? ... Uma confissão? ...
— É, mas eu não vou te mandar rezar ave-marias — brincou o pai.
— Ah... Sei lá... Não sei como começou... Um negócio meio ingênuo...
— Os jovens são assim mesmo...
— Eu achava que estava queimando etapas entrando na guerrilha...

A conversa foi interrompida por Suely, alegando que Hans tinha de descansar. De fato, o marido apresentava sinais de exaustão e precisava dormir. Lineu, ao sair, relatou à mãe do que falavam. Explicou que encontrara no pai a compaixão.

— Teu pai sempre foi assim. Quando era jovem se fazia de duro, mas sempre teve bom coração.

— Ah! Como eu queria expulsar os meus demônios... — desabafou, enquanto se encaminhavam para o escritório.

Lá, estavam Cadu e o padre Eustáquio. Lineu, ao rever o religioso, depois de tantos anos, abraçou-o com afeto. O amigo provocou:

— Vivas ao reformador...

— Bicho, para com isso... — interrompeu Lineu, ainda tocado pela conversa com o pai.

— E dona Suely está farta dessa história — comentou o padre.

— Ah! Deixa pra lá, padre. A minha vida virou tanto que eu já nem sei o que pensar — lamentou Suely, vendo que falar do passado continuava um tabu naquela casa.

∞

Tainá — que se mantivera reservada durante a tensão daqueles primeiros dias — aproximou-se com seu jeito simples e espontâneo. Suas conversas eram leves e divertidas. Suely logo se dobrou aos seus encantos. Como futura avó, tinha a moça sempre sob seus cuidados.

— Tainá, não carrega muito peso...
— Dona Suely, eu tô acostumada. Lá em casa eu faço, mais Lineu, todo o serviço. Tem só uns meninos que ajudam a gente.
— Você vai precisar de ajuda com o bebê.
— Que nada! Dou conta.
— Você não quer ter o bebê aqui? Eu te arrumo um hospital.
— Quero não, dona Suely. Minha vó é parteira... vai deixar não.

O modo descomplicado de levar a vida podia apresentar riscos, mas tinha sua graça. A mãe admitia que o filho encontrara a companheira ideal. Em nada se assemelhava às aspirações de outrora, mas as prendas da moça bem se ajustavam a Lineu. O contrário também era verdadeiro.

Tainá encontrou seu espaço na casa dos sogros. Ocupou-se da cozinha e conquistou a todos com sua culinária saborosa. Enquanto preparava a comida, costumava cantarolar:

"*Na Bahia tem..., tem..., tem..., tem...*
Na Bahia tem, ô baiana, coco de vintém".

De tanto ouvir, Suely se pegava muitas vezes repetindo a cantiga, e ria de si mesma. Lembrava-se de que, quando jovem, talvez considerasse esse comportamento condenável. Agora, porém, menos preocupada com a opinião dos outros, admitia ser mais prazeroso levar a vida pautada apenas pelo próprio juízo. Observava a alegria daquela moça simples e conjecturava que a chave para a felicidade poderia estar onde ela nunca procurara.

∞

Hans dependia dos cuidados da mulher. Havia uma enfermeira que fazia diariamente o atendimento especializado, mas era Suely que executava as demais tarefas — sua experiência como voluntária contribuiu — por isso, passava muito tempo com o marido. E conversavam bastante.

— Eu gosto da Tainá — confessou Suely certo dia.
— É uma boa moça...

— ... Se não fosse ela, eu não ia ter assunto com o Lineu... Eu não sei o que falar com ele.

— Suely, você precisa aceitar ele. Não dá pra mudar o que foi feito. É como se ele também tivesse um membro amputado. Não tem arrependimento que resolva isso. Ele precisa conviver com o mal que fez, sabendo que não pode reparar.

— Sei, mas o que eu posso fazer?

— Não peça explicações, apenas ouça o que ele precisa dizer.

— Mas ele... O que ele fez não foi um crime? ...

— Se ele tiver contas a acertar, será com a Justiça, com Deus, sei lá... A dívida que tem conosco ele não pode pagar..., mas é filho... É parte da gente...

Como parecia ter encontrado o caminho para a catarse de Lineu, o marido convidou Suely para acompanhar as conversas de pai e filho, que se tornaram frequentes.

— ... Tinha as bobagens inconsequentes... Eu queria fazer a revolução com o nosso time de futebol da escola. Até o Cadu entrou nessa... — contou Lineu num dia, já diante da mãe.

— Foi aí que o Eustáquio entrou na história? — perguntou Suely.

— É. Eu falava em socialismo, e o Cadu me levou até o padre.

— Ah! Eu me lembro. Fiquei louca.

— Suely! ... — reprovou Hans o excesso de protagonismo da mulher.

— Deixa, pai. Eu sei que isso é difícil pra todo mundo. ... Eu tava falando do Cadu... O Cadu é o irmão que eu não tive. Foi o cara que sempre me ajudou... Eu achava ele um alienado... não tinha a menor ideia de política. Ele só achava que o padre e eu falávamos coisas parecidas. Mas, quando percebeu o sentido de tudo aquilo, ficou muito chateado com Eustáquio.

— Ele me disse que foi ingênuo — comentou Hans.

— Mas sempre foi leal.

Ainda, sobre a experiência nas comunidades da paróquia de Eustáquio, Lineu confessou que aquele período fora o mais marcante da sua vida: levar às pessoas simples as ideias de justiça social preconizadas pela Igreja Católica. Aquilo seria o caminho para a verdadeira revolução... germinada no povo...

Os pais ouviam contrariados, mas calados.

— Eu sabia que vocês não concordavam com aquilo..., mas eu queria que vocês vissem como eu estava feliz... Eu tinha até esquecido a nossa briga ridícula por causa daquele maldito encontro com o pastor... Uma bobagem.

— É, foi uma bobagem — reconheceu Hans.

— Mas a vida podia ter tomado outro rumo... — admitiu Lineu.

— Quando desandou? — perguntou a mãe.

— É muito fácil pôr a culpa nos outros. Eu podia dizer que foi uma mulher... com ideias radicais... impulsiva... sem falar que era bonita. Isso tudo é verdade. Mas eu não sei o que me deu... De repente me vi fazendo coisas... sei lá... Esse negócio da guerrilha é um ímã que não solta... não larga mais. Não dá pra dizer "Ah! ... Não era bem isso que eu imaginava... Vou cair fora".

Lineu começava a desvestir a armadura que o protegia, mas que também o impedia de se desfazer dos seus fantasmas.

— No começo era um desafio... pela causa... parecia justo..., mas eu ficava em dúvida... às vezes... Aí eu falava com os caras que tavam lá há mais tempo... A Camila dizia pra eu não abrir a boca, mas eles acabaram sabendo que meu pai tinha grana, e a coisa engrossou.

— A Camila te apoiava? — a mãe quis saber.

— Olha, a Camila... Não sei, mas eu acho que ela gostava de mim... Só que isso era outra encrenca... Tinha gente lá a fim dela... Ela não dava bola... Aí eles ficavam com mais raiva ainda... eu era o cara rico e tinha a melhor mulher... Era muito pra eles.

— Quem eram os militantes? — perguntou o pai.

— Tinha de tudo. Tinha estudantes, filhos de sindicalistas, desocupados. Tinha uns poucos que mandavam e o bando que obedecia. Era tudo muito desorganizado. Eu procurava dar um pouco de ordem naquilo tudo, conversando com a liderança... dando sugestões. Então, os chefes sempre vinham falar comigo.

— O burguês, com a mulher bonita e o queridinho dos chefes...
— comentou o pai.
— Pois é... Aí o caldo entornou.

Essas confissões não mudavam o que tinha sido feito, mas mostravam outros lados. A mãe via a face afetiva nas relações com a namorada; o pai, a proeminência do rapaz na organização do movimento. Eram olhares paternais benevolentes.

O ambiente doméstico desanuviava-se. A família já conseguia falar sobre o tema banido durante anos.

DIVERGÊNCIAS

Cadu celebrava esse progresso, porque significava a reconciliação. Alegrava-se não por ele, que nunca rompera com o amigo, embora se perguntasse como isso fora possível. Não tinham nada em comum, e estavam sempre em lados opostos nos confrontos de opinião. Seria natural que fossem adversários.

Superado o embaraço das primeiras conversas, o assunto passou a ser tratado sem a reserva inicial. O filho ia, pouco a pouco, livrando-se dos bloqueios, e começava a se abrir com os parentes. Mas Cadu, às vezes, se impacientava:

— Tá na hora de parar de tratar esse cara como um menino mimado — exaltou-se, vendo Susana escolher as palavras numa pergunta ao irmão.

— Eu só tô querendo que ele fique à vontade pra falar — explicou-se Susana, diante do irmão.

— É, mas tá parecendo que é ele a vítima — respondeu o marido.

— Tá bom, se você quer abrir a ferida vamos lá — desafiou Lineu.

— Deixa de ser besta. Você pode enrolar os teus pais, a tua irmã, mas pra cima de mim, não, cara!

— Cadu, você tá com raiva. Eu sei, você nunca aprovou minhas ideias, mas eu não sou mais aquele cara que você viu partir pro exílio.

Percebendo que o marido e o irmão tinham contas a acertar, Susana achou melhor que ficassem sozinhos. Chamou Tainá — que não compreendia as razões da discussão — e se retiraram da sala.

— Sabe o que é? Você chega, faz uma autocrítica, diz que a guerrilha foi um equívoco, que lamenta, e depois acha que tá tudo bem.

Os velhos e a tua irmã passam uma borracha em tudo, e a vida continua como se nada tivesse acontecido — desabafou Cadu.

— E você quer que eu faça o quê? Já não basta essa maldita culpa que não me larga?

— Espero que nunca te largue. Você se mandou, mas eu fiquei. Eu vi o que aconteceu aqui. O que você tá vendo agora é apenas uma sombra da tragédia que destruiu tua família.

— Cadu, você continua um alienado. Você não consegue ver o mundo na dimensão sociológica. Teu negócio é sempre a porra da família... É aquela merda da visão burguesa.

— É o meu jeito de salvar o mundo da tua sociologia.

— Olha, eu adoro a minha família. Se eu pudesse fazer voltar o tempo, eu não faria o que fiz, mas tá feito. E a tua praga já pegou: eu não vou me livrar nunca do remorso. Eu reconheço os meus erros. Mas minhas ideias não mudaram. A causa, pra mim, continua válida. Só acho que os métodos de luta devem ser outros.

— Ah! ... Depois do que fez, ainda vem com esse papo-furado.

— Já chega de bate-boca por hoje — interrompeu Susana, lembrando que tinham combinado de visitar o jornal.

Capazes de discutir quase aos tapas e depois se tratarem como se nada tivesse acontecido, Lineu e Cadu, acabado o bate-boca, dirigiram-se ao *Mexa-se*.

— Você foi valente ao denunciar o coronel. Mas fazer um jornal pra defender os ricos é demais... Você não acha? — provocou Lineu, vendo o exemplar da edição que cobria o sequestro da criança.

— Eu não defendo os ricos, eu defendo a riqueza — rebateu a irmã.

— Susana, você tá lendo livros errados. Esse negócio de liberalismo econômico dá certo pra quem tem grana. Isso é coisa de reacionária.

— Lineu, eu gosto de você, mesmo quando não respeita o que faço, mas eu não entendo a tua ideologia. Isso é coisa de gente burra ou mal-intencionada. Você não é nem uma coisa nem outra. Então, cai fora disso...

— O quê? Virar fascista?

O roteiro da discussão era conhecido de Cadu, e ele sabia que nunca levava a um entendimento. Mesmo assim não fugia dela, mas naquele momento estava mais preocupado com as providências para encerrar a edição e encaminhar os originais para a gráfica. As pressões financeiras eram grandes, e o jornal precisava circular sem atrasos. O *Mexa-se* sobrevivia com a publicidade que conseguia graças aos poucos laços que a família ainda tinha com o círculo empresarial e com doações de defensores das ideias mais conservadoras. Havia também a venda em banca e as assinaturas, mas eram receitas pequenas devido à reduzida tiragem da publicação.

∞

Com os negócios a exigir por eles, Lineu e Tainá retornaram a Porto Seguro, pois da pousada dependia a sobrevivência do casal, já que não podiam mais contar com a ajuda dos familiares. Além do fechamento da firma de Hans, tinham também de lidar com os problemas do jornal.

A doença de Susana agravou ainda mais as dificuldades do *Mexa-se*. Sem a mentora, e com Cadu absorvido pelos cuidados com a mulher, o periódico era tocado por um auxiliar não familiarizado com a linha editorial e sem habilidade comercial. Terminados os contratos de publicidade, parou então de circular.

RESIGNADOS

Susana fora acometida por uma moléstia rara e fatal, que degenera a medula. A longa agonia pôs à prova, mais uma vez, a tenacidade dos Freutag.

O quarto que Hans ocupava ganhou mais uma cama hospitalar para que pai e filha se fizessem companhia, e também para facilitar os cuidados com eles.

Quando parecia que a concórdia e a serenidade voltariam a casa, o infortúnio se apresentou mais uma vez, sem levar em conta a distribuição justa dos padecimentos. Se houvesse imparcialidade, essa família seria poupada.

Lado a lado, Hans e Susana viram-se levados pela fatalidade. Se não tinham esperança, dispunham de tempo, e o desfrutavam com longas conversas.

— Pensando bem, a morte é uma bênção — disse Susana certa manhã, depois que se livrou dos procedimentos penosos a que se submetia regularmente.

— O problema é a vida — ironizou o pai.

— Ainda o trauma do sequestro, né, pai.

— Deixa pra lá. Eu não penso mais nisso.

— Em que o senhor pensa?

— Divagações... Quando eu era moço... Vaidoso... Queria ser o criador de uma obra que sobrevivesse à minha morte... A tola ilusão de permanecer vivo de alguma maneira...

— Ah, pai, ninguém vai esquecer do senhor.

— Não, eu não lamento. Só quero dizer que a presunção é vã...

— É mesmo, pra nós tudo saiu pelo avesso.

— Mas você sempre pode olhar pelo lado cômico, como as trapalhadas do palhaço.

A serenidade com que ambos olhavam a própria desgraça contribuiu para abrandar o sofrimento da família, e especialmente de Cadu. Inconformado com a presumível morte da mulher, era grande sua aflição. Susana acompanhava a amargura do marido sem demonstrar tristeza. Fazia pilhéria da sorte que a vida lhe reservara, e, no desvario das tolices que falava, levava-o a boas risadas. Esse era um lado que Cadu não conhecia de Susana, e que se revelou com a enfermidade. Talvez fosse um estratagema para que ela mesma não sucumbisse à depressão do mal que lhe arrebataria a vida.

Brincava, mas falava sério também. Assim, ela conseguiu convencer o companheiro a se ocupar com algum trabalho. Não tendo mais a empresa do sogro, nem o jornal da mulher, Cadu recorreu aos pais. O empreendimento de dona Neusa já se tornara uma firma a exigir a atenção de um especialista em gestão. Lá, ele passou a dar expediente todos os dias, enquanto juntava forças para encarar o último capítulo da doença de Susana.

A PEQUENA IARA

O nascimento de Iara parecia ser uma compensação pela crueldade com que o destino castigava os Freutag. Assim considerado, a criança chegou como uma dádiva nesse momento. E, embora desejasse conhecer a neta, Suely não podia abandonar seus doentes em casa para empreender a viagem. Tainá, que fora obrigada pela avó parteira a guardar quarentena, tampouco podia se deslocar com o bebê. Diante disso, Cadu, mesmo atarefado com os negócios, atribuiu-se a missão de visitar a recém-nascida, e pediu que a mãe o acompanhasse.

Com a chegada da filha, Lineu entregou-se à alegria da paternidade. Todos os cuidados viraram-se para Iara. Foi com esse espírito que ele recebeu Cadu e Neusa em casa. Ao ver o amigo — esquecendo que o cunhado vivia em grande tristeza —, tratou-o com a leveza dos tempos de escola.

— Cadu, eu estou nas nuvens. Ser pai é genial. Que experiência!
— Fico feliz por você — respondeu o amigo protocolarmente.
— Que desânimo é esse?
— Ah, Lineu...
— Eu sei. Me desculpe. Como está a Susana?
— Na mesma. Restam poucas esperanças.
— Ela sabe da gravidade?
— Sabe, mas tá lidando bem com isso, e não me deixa desabar.
— E o meu pai?
— Às vezes fica deprimido, mas, no geral, tá se aguentando. Tua mãe tá dando muita força pra ele.

— As mulheres é que seguram a barra da família. Os machos só fazem merda — comentou Lineu, fazendo blague da condição masculina.

— Peraí, quem faz merda na família é você. E, na hora H, nunca tá junto pra segurar as pontas.

— Você quer me sacanear? Não estraga o astral, pô.

— Deixa pra lá. Você tem razão. Vamos ver a minha sobrinha.

Exceto pelos encontros pontuais, os dois ficaram separados quase vinte anos. Viveram experiências antagônicas na vida amorosa, na política, no trabalho, mas cultivavam as discordâncias com mordacidade, ainda que de forma fraterna.

Os dias em que Cadu passou na pousada trouxeram-lhe alguma paz e ele recobrou o senso de humor. Numa ocasião, para provocar o amigo, cobrou coerência ideológica de Lineu por ele ter se firmado como um bem-sucedido proprietário capitalista.

— O que Lenin diria dessa sua recaída burguesa?

— Isto aqui não é um empreendimento burguês — respondeu Lineu levando meio a sério a chacota do amigo.

— Ah, não? Então, que nome você dá a este negócio?

— Pra lei burguesa é como se fosse uma empresa, mas eu não vivo da mais-valia dos empregados. É a minha consciência que vale.

— E o que você faz com o lucro?

— Eu não tenho lucro. E para de me encher o saco.

Ainda sonhando com o destino socialista, Lineu agora acreditava no caminho democrático para conquistá-lo. Inspirava-se na experiência do partido comunista italiano, que vinha aumentando sua representatividade no parlamento; e chegar ao poder seria uma questão de tempo. Burilava essas ideias, e foi com elas que deu rumo à conversa com o cunhado.

— Você é um cara reacionário, mas pensa comigo. Pode ser que essa tua cabeça alienada entenda o meu plano.

— Lineu, você não tem moral pra falar de plano. Principalmente se for pra se meter de novo na política.

— Dá pra ouvir o que eu tenho pra dizer?
— Veja lá a besteira que você vai fazer. Pensa na Iara, bicho.
— Não, desta vez é diferente. É tudo na legalidade.
— Que legalidade? Com esses militares?
— É só ter paciência. A abertura que estão dando vai trazer mais liberdade. Pode demorar um pouco, mas eles não têm escolha.
— E você quer a liberdade pra acabar com ela depois, como um bom comunista?
— Não. Eu estou pensando em me filiar ao MDB. O diretório daqui tá me convidando. Eles querem que eu me candidate nas próximas eleições.
— Pra fazer a revolução socialista como vereador de Porto Seguro?
— Cadu, vai à merda. Você é um idiota. Não dá pra falar de política com você.

MISSIONÁRIA

Neusa e Tainá se entendiam relatando experiências em suas especialidades: falavam de trabalho e trocavam receitas culinárias. A mãe de Cadu apreciou a comida baiana, e anunciou que ia levar para o seu negócio alguns pratos da gastronomia local. Tinha pressentimento de que suas clientes aprovariam. Ela achava que essa intuição era obra de Nossa Senhora da Penha. Por isso, sentia-se em débito com a santa sempre que uma boa ideia ocorria.

— Menina — dona Neusa não a chamava de Tainá —, preciso encomendar uma novena. Você vem comigo?

— Sim, senhora. Conheço o terreiro e a ialaorixá.

— Quem?

— A mãe de santo.

— Deus credo! Quero rezar na minha igreja... Com um padre — desarvorou-se dona Neusa.

— Mãe Zimá também reza. Ela faz despacho, se a senhora tiver precisão.

— Menina, isso é macumba. É coisa do diabo.

— É, não. Aqui todo mundo reza assim.

— Ai, minha Nossa Senhora da Penha — benzeu-se três vezes com o sinal da cruz.

Nas coisas terrenas as duas tinham bom entendimento, mas nos assuntos de Deus ergueu-se entre elas uma muralha. Prudente, dona Neusa fez as orações no quarto, longe de Tainá.

Com um jeito simplório de falar e de expor seus pensamentos, Neusa escondia uma mulher que se pretendia astuta. Manejava os que a rodeavam com o intuito de convertê-los, especialmente em matéria religiosa.

Assim como o marido, achava que tudo tinha apenas dois lados: o certo e o errado. Mas, apesar da boa intenção, nem sempre suas iniciativas revelavam-se razoáveis. Por devoção católica, considerava-se em missão de reparar os muitos pecados do mundo. E não era preciso ir longe para enxergá-los. Lá mesmo, na pousada do Lineu, a vida seguia fora dos cânones. A estima que tinha por aquelas pessoas impunha que se esforçasse para recuperar os valores cristãos entre elas. Determinou-se que, antes de voltar, teria de deixar a palavra de Deus enraizada naquelas almas.

Entendia que Lineu, Tainá e Iara viviam como pagãos. Não estavam casados pelos sacramentos da Igreja; a filha deles não fora purgada do pecado original pelo batismo; não recebiam comunhão, sequer frequentavam a igreja. Culpava Eustáquio por não ter convertido Lineu ao catolicismo quando este, ainda menino, buscou orientação religiosa na paróquia. Agora, cabia a ela ter de fazer o serviço com ele adulto. Mas Neusa não era mulher de correr de tarefas árduas, especialmente se fossem relacionadas à fé.

Em sua investida missionária, atribuiu nomes bíblicos a Tainá e Iara, e passou a tratá-las por Talita e Sara. No início, aquela esquisitice fora interpretada como dificuldade de Neusa com a pronúncia das palavras, mas logo perceberam que havia algo mais. Isso aconteceu quando ela pediu a Cadu que encontrasse um padre e o levasse até a pousada.

— A senhora não prefere ir a uma igreja? — ponderou o filho.

— Não, a casa precisa ser benzida.

Lineu, que ouvia a conversa, sorriu e provocou.

— Tá vendo fantasma por aqui, dona Neusa?

— Não brinca com coisa séria, menino. A Talita e a Sara precisam conhecer a religião. A bênção ajuda na fé.

— Dona Neusa, é Tainá e Iara. São nomes tão bonitos, a senhora não acha? — retrucou Lineu.

— É, mas não são cristãos.

Cadu, imaginando aonde a mãe poderia chegar com aquela conversa, intercedeu.

— Mãe, para com isso. Não é assunto seu.

— Se é assunto de Deus, é meu também — respondeu amuada, percebendo que seu plano estava ruindo.

Restou-lhe apelar para uma solução ardilosa. Descobriu que por lá vendiam relicários com pedaços da manta da imagem de Nossa Senhora da Penha. Não era muita coisa, mas servia aos seus propósitos. Comprou alguns e escondeu-os entre os objetos de uso pessoal de Tainá e da família. Assim, ainda que não tenha conseguido a conversão dos hereges, mantinha-os sob a proteção secreta de amuletos da sua confiança. Quando voltasse, contaria tudo ao marido.

∞

Na noite que antecedeu a volta para casa, Cadu e Lineu divagavam:

— Sabe, Lineu, você parece a minha mãe.

— Por quê?

— A religião.

— Que religião, bicho! E eu sou religioso por acaso?

— Por acaso, não. Por ideologia.

— Eh... Lá vem você...

— A minha mãe acha que fora do catolicismo não há salvação.

— É. Ela só vê um lado.

— E você também...

— Não, você não vai querer comparar o marxismo histórico com religião, né? O marxismo é ciência, bicho. Tem pesquisa. Tem livros. Tá tudo lá. É só estudar pra não ser um alienado que nem você.

— Religião também tem livros... Bíblia, Torá, Corão... Tá tudo lá. É só estudar...

— Ah, Cadu, eu sou mesmo uma besta de te levar a sério..., mas o teu humor parece que melhorou.

— Aí é que você se engana. Eu tô sem rumo. A doença da Susana...

— Ela é que segura as pontas, né? — reconheceu Lineu.
— É... E você podia fazer uma coisa pela tua irmã.
— Faço o que você quiser.
— É simples. Dizer que você a admira. Só isso.
— Mas eu sempre gostei dela.
— Isso é diferente de respeitar, de reconhecer o valor.
— É, você tem razão...
— Lineu, ela te adora, apesar de tudo o que você fez. E você sempre a tratou como uma bonequinha alienada.
— Também, ela foi se meter com esses burgueses da direita, pô.
— Lineu, você não vê que a Susana tá morrendo? Será que na tua ideologia não cabe compaixão? Porra, cara, às vezes eu penso que você tá curado...
— Desculpa, bicho. Eu não quis te machucar. Deixa a Tainá sair dessa quarentena que a avó obriga, que eu vou lá pra São Paulo passar uns dias com a Susana. Você tem razão. Eu devo isso a ela.
— E olha, pra não dizer que eu sou um tio desnaturado, tua filha é uma gracinha.

SOBRE A VIDA E A MORTE

De volta a São Paulo Cadu encontrou a mulher com boa disposição. Na noite seguinte, levou-a ao restaurante que gostavam de frequentar. Ela só se locomovia em cadeira de rodas, o que causou surpresa a alguns habitués da casa, que também a conheciam. Cadu começava a se embaralhar em explicações, quando foi interrompido por Susana:

— Gente, que bom ver vocês. Desculpem os maus modos. Não posso levantar. Uma inflamação dos meniscos me pôs nestas quatro rodas — mentiu.

Trocaram algumas palavras e se despediram. Depois, o marido exaltou a serenidade da mulher, evitando constranger as pessoas:

— Susana, eu não vou dizer que você me surpreende. Isso você faz sempre.

— Como assim?

— Ah, a tua preocupação em poupar os amigos de um assunto difícil.

— O que você queria que eu dissesse? Que eu estou morrendo?

— Você fala da morte como coisa banal...

— E não é? Todo mundo morre...

— Pra mim, não é. Eu vou ficar sem você.

— Ah, meu amor, você é tão doce...

Cadu e Susana não fugiam do assunto. Choravam, às vezes, mas quase sempre conseguiam zombar da morte. Falavam da vida também.

— Cadu, você sabe o que mais me chateia? — perguntou ela certa vez.

— Não me levar com você?

— Ah, se eu pudesse! ... Não. É deixar o trabalho que eu comecei.

— Você deixou sementes.

— Aí é que você se engana. Só uma doida como eu pra cultivar essas ideias.

— É, eu sei. As patrulhas... Sempre prontas pra cair de pau.

— No Brasil, você não pode falar de iniciativa privada, que vem paulada de todo lado... Você é o demônio... Te atacam como cruzados — suspirou conformada.

— E os caras se dizem democratas...

— Que nada! É preguiça de pensar. Eles só aplaudem o que tá escrito no catecismo deles — comentou Susana.

— Podiam ler outras coisas, caramba...

— Ah, meu amor, e o charme de ser marxista?

— É... Dá pra comer muita menina gostosa com esse papo — disse Cadu.

— É verdade. Têm os oportunistas, mas também os covardes. ... E os burros, é claro...

— ... Que vão se meter na guerrilha.

— Como meu irmão.

— Por falar na figura, ele disse que quer te ver.

— O Lineu... Você sabe que ele era o meu ídolo quando eu era criança? Eu achava ele inteligente, bonito...

— Ele me disse que te respeita muito... — mentiu Cadu.

— Você acha que eu vou acreditar? A "religião" dele não permite...

— Ele tá conseguindo separar as coisas. Eu acho...

— Cadu, esquece, eu posso viver e morrer com a indiferença dele.

Ainda que ela afirmasse o contrário, o ressentimento estava vivo, e parecia mais doloroso do que a certeza da morte prematura. Cadu, então, atribuiu-se por amor à mulher uma tarefa humanitária: fazer Lineu reconhecer o valor de Susana, sem que isso ocorresse apenas por compaixão. O amigo já dera indicações de que estava em débito com ela; pois que pagasse a dívida com dignidade.

As divergências entre os irmãos não iam além das querelas ideológicas. Mas a severidade com que isso era tratado fazia entornar o debate para fora dos limites das opiniões, e contaminava as relações entre eles.

Susana não rejeitava o irmão em razão de suas crenças. Amava-o. O contrário, porém, não era tão claro. Talvez Lineu a desprezasse. Não a confortava, porém, saber que esse sentimento o irmão reservava a todos que não se enquadrassem no seu ideário político.

RECONCILIAÇÃO

Como prometera, Lineu desembarcou em São Paulo para ver Susana. Supunha que sua presença ao lado dela traria conforto. Trocariam reminiscências sobre a infância e não falariam de política. Acreditava que isso faria gosto a ela. No trajeto do aeroporto até a casa, ao saber desse propósito, Cadu comentou:
— Lineu, não é disso que ela precisa...
— Vocês são muito complicados...
— Vocês quem? O que você chama de burguesia alienada? — exaltou-se Cadu.
— É isso mesmo... E você sabe que eu nunca liguei pras choramingas da Susana..., mas eu vou lá... fazer um agrado nela... Coitadinha...
— Ah! Que alma superior. Não reconhece o mérito, mas acolhe com generosidade. Apenas lamenta a estupidez da irmã porque ela não alcança a verdade da qual ele é mensageiro.
— O que você quer? Que me atire aos pés dela e peça desculpas?
— Também não. Não é isso...
— Ah, que saco... Então me diz o que fazer.
— Lineu, você, alguma vez, já teve dúvida sobre as tuas escolhas?
— Claro, quando eu era moleque. Você sabe disso.
— Taí o teu problema. Um cara que, agora, só tem certezas...
— Você não reforma a sociedade cheio de dúvidas, bicho.
— Esquece a sociedade, porra. Será que você não consegue entender que essa tal sociedade é formada de gente? E que uma dessas pessoas é a tua irmã? Que está morrendo! Não é de pena que ela precisa.

— Tá bom, Cadu, eu vou tentar...

— Mostre respeito... É só isso que ela quer pra morrer em paz.

∞

Susana se preparou para receber o irmão. Disfarçou o rosto pálido com maquiagem e escolheu roupas que escondessem sua esqualidez. Estava ansiosa. A presença dele sempre causava inquietação, mas estava preparada para as zombarias e tiradas irônicas de Lineu. Encontraram-se a sós.

— Minha irmãzinha tá linda.

— E o papai Lineu tá mais gordo. Tá inchado de orgulho pela filhinha... Cadu me disse que ela tá linda.

— É... É uma alegria e tanto. Mas, agora, fala de você.

— Ah, meu querido, tô aqui fazendo balanço pro encerramento da firma — respondeu com humor a irmã.

— Vai fechar com lucro?

— Não vou te falar. Você vai confiscar pra tua causa — provocou Susana.

— Nada disso! Se fechar com lucro, você merece ele todo pra você.

— Ué!... Você nunca deu valor pras minhas coisas!

— Ah, Susana, também não é assim...

— Ah, não? Tá esquecendo que você sempre me tratou como alienada?

— Você sabe que fazer autocrítica não é o meu forte — abriu-se em confissão.

— Eu sei... — disse Susana conformada.

— Olha, eu não penso muito diferente do que sempre pensei. Eu até podia me considerar vítima da ditadura.

— Ah, é? E o sequestro do papai?

— Esse é o problema e a minha maldição. Eu tento acreditar que fiz tudo por uma causa nobre.

— Não sei onde você viu a nobreza nessas ideias.

— Eu ainda acredito nelas.

— Não faz mal, eu gosto de você assim mesmo.

— Sabe, Susana, eu queria ver as coisas com mais leveza... Como você.

— Só que aí, meu amor, você precisa ter coragem. Não temer as dúvidas.

— Você também com esse negócio de dúvidas? Eu estou falando em aceitar questionamentos — desconversou o irmão.

— Não importa, chame como quiser, mas se coloque no lugar dos que discordam. Você vai ver outros lados... Vai ficar mais fácil.

No quarto, Cadu encontrou os dois abraçados, em silêncio.

Com Susana, Lineu permaneceu mais alguns dias. Durante esse tempo, conversavam sem parar. Nas pausas do irmão, era ela quem tagarelava. Sentia prazer em ser ouvida, e feliz por reviver um tempo em que, sem êxito, tentara dividir com ele as inquietações da juventude.

E, ao lado dos filhos, mesmo debilitado, Hans sentia prazer, e costumava chamar Suely para desfrutar desses momentos. Assim, a família se reconciliava mesmo na má fortuna.

A VIDA DÁ PIRUETAS

As reservas financeiras dos Freutag minguavam consumidas por despesas médicas crescentes. À exceção de Cadu, que administrava o orçamento, ninguém na casa acompanhava o desgoverno das contas. Naquela cadência, a ruína viria em poucos meses. A alienação da família se devia às urgências dos cuidados aos doentes — que sugavam cada minuto da atenção — mas também à falta de vocação para controlar gastos. Porém, ainda que isso fosse feito, nada ajudaria, porque os dispêndios já estavam limitados ao essencial para aquelas circunstâncias.

A aflição do filho não era ignorada pela mãe. Nesse tempo, o empreendimento de Neusa já tinha adquirido porte e solidez financeira graças a uma iniciativa de Cadu, que conseguira atrair investidores para o negócio. Os Silveira estavam longe da pobreza de outrora, mas mantinham um padrão de vida sóbrio. Sempre devota, Neusa acreditava que essa abastança fosse obra de Deus e devia ser transferida aos desvalidos. Atividade que ela praticava com a ajuda de Eustáquio nas ações sociais da paróquia.

O padre, que já considerava a ideia de disputar eleição, via as esmolas com redobrado interesse, e enaltecia o gesto.

— A senhora é generosa.

— É que tem muita gente precisando...

Ela, então, falou que pensava em ajudar o filho nas contas da família de Susana, e perguntou se, aos olhos de Deus, os Freutag, pelas dificuldades financeiras que enfrentavam, também podiam ser considerados pessoas carentes. Eustáquio, temendo a perda dos donativos, mas sensível à desventura daquelas pessoas, disse que o Senhor havia de compreender a compaixão por eles, desde que ela não se esquecesse dos verdadeiros pobres.

A vida dava piruetas, refletiu Neusa. Lembrou-se de que era tratada com frieza por Suely quando os Freutag ainda costumavam receber. Não esquecia que — mesmo envergando roupas caras presenteadas pela anfitriã — ela e o marido eram acomodados em mesas disfarçadamente segregadas. Não, não estava ressentida. Até gostava de frequentar as festas, mas não podia deixar de considerar a singular virada que o seu mundo dera. Suely também não era mais a mulher dos tempos da bonança, porém a relação entre as duas nunca ultrapassara a barreira da cordialidade formal.

Neusa não faria de sua ajuda uma espécie de volta por cima. Conhecia a humilhação o bastante para não vexar Hans e sua gente com as doações. Assim determinada, chamou Cadu para dar seguimento ao plano.

— Padre Eustáquio me disse que eu posso ajudar a família da tua mulher sem contrariar a vontade de Deus.

— Mãe, que conversa é essa?

— Eu quero te ajudar a pagar as contas daquela casa.

— A senhora ficou louca? O que eu vou dizer pra eles?

— Nada.

— Como assim?

— Não é você que faz todos os pagamentos?

— É.

— Então, você pega algumas contas e manda pra mim.

— Ah, mãe, mas isso não é justo...

— Cadu, nós somos, hoje, uma única família. E agora eles são os que mais precisam...

— Vai ser difícil eles aceitarem. A senhora sabe. O orgulho...

— Eles nem vão saber. Você não vai falar nada pra ninguém. É um segredo nosso... E do padre Eustáquio.

DEUS E POLÍTICA

A abertura institucional e o retorno dos banidos por questões ideológicas estimulavam a disputa partidária em 1979. Muitos dos que voltavam deram substância à criação de novas agremiações. Era nesse cenário que Eustáquio pretendia disputar uma eleição. Embora fosse tolerante com a guerrilha, sempre acreditou na democracia como o melhor caminho para a ascensão da esquerda e a materialização do ideal socialista — o que a luta armada, pensava ele, não lograra obter. Avaliava que sua candidatura teria sólido apoio eleitoral, graças à militância nas comunidades eclesiais de base. Além disso, relacionava-se com líderes sindicais, com políticos simpáticos à causa dos operários e com intelectuais. Eles se articulavam para levar os trabalhadores ao poder.

Eustáquio se engajara nesse movimento a ponto de pensar em deixar o clero. Não por carência de fé, mas por se ver impossibilitado de atender aos chamamentos da religião e da política ao mesmo tempo.

Antes de comunicar sua intenção ao cardeal, foi aconselhar-se com o amigo Hans. Não ignorava as condições de saúde dele, nem o seu estado de espírito, mas era a pessoa que saberia ouvir, mesmo sem concordar.

— Você me quer como confessor? Nem sou católico... — brincou Hans ao ouvir no telefone as intenções do padre.

— Ah, meu amigo, estou numa encruzilhada. Lamento te aborrecer.

— Venha logo, aproveite a calmaria da moléstia.

Ao rever o amigo, Eustáquio se espantou com o estrago que a enfermidade causara, e achou melhor não submeter Hans ao desgaste de uma conversa complicada. Optou, em vão, por um diálogo ameno.

— As chuvas parecem não dar trégua este ano — disse, depois de um silêncio prolongado.
— Você não veio aqui para falar do tempo — interrompeu Hans, percebendo a reserva do padre.
— Francamente, não. Só não quero te aborrecer com meus dilemas pessoais.
— Se você precisa de luz, aproveita agora porque a vela tá apagando — respondeu.
— Bem, então vamos lá. Eu já te falei que considerava entrar na política.
— Não é isso que você sempre fez?
— Hans, eu sou um padre católico. Tenho uma missão religiosa — disse com falsa indignação.
— Relaxe, padre, eu estou brincando...
— Eu sei. Você tem razão. A política tá no meu sangue.
— E qual é o plano?
— Bem, as coisas estão mudando, dá pra pensar num engajamento partidário.
— MDB: Você não tem escolha.
— Não, é um novo partido de esquerda. O MDB é um balaio de gatos...
— Você sabe o que eu penso da esquerda — retrucou Hans.
— Não, não é isso. Eu vou te poupar dessa discussão.
— Então, o que você quer deste velho moribundo?
— É que eu estou pensando em deixar a Igreja.
— Não sei o que você faz nela... Deus e política não combinam... — respondeu o amigo sem se mostrar surpreso.
— É isso, mas não pelos motivos que você imagina.
— E a política partidária dá trabalho... Você não é mais um garoto.
— Esse é o ponto. Preciso de energia para o debate no Congresso — concluiu o padre.
— Espero viver pra contestar as tuas ideias, antes que você transforme isto aqui em uma nova Cuba — disse Hans, certo de que não o demoveria da aventura política.

— Deixa disso, você ainda vai se converter, virar progressista.

— Nem pensar, tenho miolo e a pena afiada — referindo-se aos artigos conservadores que publicava em *O Libertário*, depois que o jornal da filha fechou.

— Então vamos pro confronto. Você é bom polemista — animou-se Eustáquio.

∞

Pouco tempo depois, já fora da Igreja, Eustáquio elegeu-se deputado federal, mas, para sua tristeza, esses debates nunca ocorreriam, porque Hans, apesar do esforço para superar as repetidas, e cada vez mais severas, complicações que a doença lhe infligia, morreu antes que as esperadas contendas se concretizassem.

No funeral, Eustáquio louvou o morto, dizendo ter perdido o melhor amigo. Era uma confissão sincera, e Lineu percebeu toda a sua profundidade. Entendeu que entre os dois as diferenças ideológicas não tingiam a pureza de uma amizade autêntica. Uma virtude que ele lamentava não possuir.

COLOMBIANO

Durante o funeral do pai, um rosto chamou a atenção do filho. Muito abatido, não podia lembrar-se de onde o conhecia, mas, por exclusão, conseguiu associá-lo aos órgãos da repressão. Era um homem de meia-idade, vestia terno preto e usava óculos escuros de aros grandes. Cadu, que estava perto do cunhado, observou a inquietação deste e saiu em direção ao estranho. Lineu o seguiu, e verificou que, sob as lentes, o homem escondia uma mancha na pele que ocupava quase todo o lado esquerdo da face.

Anos antes, na delegacia em que ficara detido, o agente que o interrogara tinha uma mancha semelhante, lembrava-se agora. Era um rapaz jovem. Não seria improvável que fosse a mesma pessoa. Indagado sobre seu interesse naquele evento fúnebre, o homem apenas sacou de seu bolso um recorte de jornal colombiano com a foto de Camila estampada na primeira página. Entregou-o a Lineu e se retirou sem esperar pela leitura.

Surpresos, Cadu e Lineu leram que se tratava da prisão de guerrilheiros ligados às Farc, entre os quais estava Camila. A edição do jornal era recente, março de 1982, e acrescentava que os presos respondiam por sequestro e homicídio.

Mais intrigante do que o envolvimento de Camila no episódio, era o gesto do homem enigmático, que fez aumentar ainda mais o mistério, deixando junto com o recorte um pedaço de papel com um número de telefone.

A presença de um agente da repressão não era descabida naquele tempo e naquele lugar. Embora a repressão militar fosse menor, os burocratas precisavam mostrar serviço para preservar seus empregos. Mas a entrega do pedaço de jornal com número de telefone estava além da compreensão dos dois amigos.

Sempre desconfiado, Lineu pensou que estivessem atrás dele novamente. Talvez em busca de informações sobre companheiros ainda foragidos. Chegou a temer que setores da linha-dura militar, inconformados com a abertura política em curso, estivessem agindo à revelia para manter um processo de repressão paralelo. Em sua compreensível paranoia, desfiou um enredo mirabolante:

— Cadu, eu acho que é tudo armação.

— Do que você tá falando?

— Esta foto... — disse, olhando para o pedaço de jornal.

— Não me surpreende ver a Camila no meio desses desvairados — disparou Cadu.

— Não são desvairados. Estão lutando por um ideal — devolveu o amigo.

— Lineu, não divaga. Agora, o que importa é desvendar esse mistério.

— Então, é o que eu estou tentando te dizer. A foto não é autêntica. É uma montagem pra me pegarem de novo.

— Bicho, para de ver assombração. Não é isso. Esse cara tá querendo te dizer alguma coisa da Camila.

— Mas por que um cara da repressão faria uma coisa dessas?

— Não sei. É isso que temos que descobrir. Me dá esse telefone. Eu vou ligar — insistiu Cadu.

— Você tá louco?

Apesar dos apelos, Cadu chamou o tal número. Do outro lado da linha encontrou um interlocutor que conhecia a história dos Freutag. Falou de Camila com familiaridade e deu o nome — com um número para contato — de um homem na Colômbia que tinha uma mensagem dela. Não disse mais nada e desligou.

O mistério parecia se enevoar ainda mais, e Lineu, com uma mistura de curiosidade e aflição, fez, ele mesmo, contato com a pessoa indicada:

— Falo do Brasil em busca de informações sobre Camila. Meu nome é Lineu Freutag.

— Sim, estava esperando esta ligação, mas, infelizmente, não sou portador de boas notícias. Camila morreu há três meses — falou em português com sotaque espanhol.

— Como foi? — perguntou Lineu tocado pela surpresa.

— Ela foi presa. Chegou com a saúde abalada pela malária e não resistiu. Foi sepultada sem identificação. Não tínhamos documentos, você sabe...

— Por que estamos falando? Como você conseguiu contatos no Brasil?

— Bem, ela era brasileira, a chancelaria obriga notificação...

— Essa história não faz sentido. Ela deve ter sido enterrada como indigente... Afinal, o que tem por trás disso tudo? — questionou, impaciente.

— Digamos que razões humanitárias.

No princípio retraído, o colombiano se abriu ao longo da conversa. Contou que Camila esteve algumas semanas no hospital sob sua guarda e que conversavam reservadamente. Fizera-o, primeiro, porque ele tinha trabalhado no Brasil e queria ouvir um pouco de português. Depois, a história dela o seduziu, por isso a acompanhou até o falecimento.

Camila deixou com o carcereiro uma carta, e arrancou dele o compromisso de fazê-la chegar a Lineu.

Duas semanas depois, chegou pelo correio um envelope com nome de destinatário falso — conforme orientara Lineu. Ao abrir, encontrou a mensagem:

"Lineu, se você estiver lendo isto, saiba que temos um filho. Ele vive na Suécia, e está sob cuidados de uma organização de apoio a filhos de presos políticos. Não pude viver muito tempo com ele, mas é meu desejo que vocês se aproximem. Ele tem o teu nome".

— Cadu, veja o que recebi — disse, entregando a carta.

Lineu permanecia em São Paulo para as providências da morte do pai. Com ele estavam Tainá e a filha.

— Bicho, essa mulher não sai da tua vida nem depois de morta! — exclamou Cadu assombrado.

— Vai saber se é verdade ou mais uma das maluquices dela.

— Acho melhor não falar com a tua mãe, nem com a Tainá, antes de você investigar esse negócio mais a fundo.

— Vou procurar uns amigos em Estocolmo.

O CHEQUE

O luto pela morte do marido teve de ser cumprido sem que Suely pudesse se descuidar de Susana. A filha precisava cada vez mais de atenção na fase em que a doença a castigava com a perda parcial dos movimentos. A mãe contava com a ajuda de enfermeiros, que se revezavam dia e noite. Conseguira do hospital algumas facilidades, mas sabia que o atendimento que tinha em casa não era barato. Seus proventos como conselheira eram irrisórios, e os rendimentos do que restara do patrimônio da família não davam para suportar todo aquele aparato médico.

Esse era um tema delicado para Suely. Suspeitava que Cadu estivesse obtendo dinheiro de outras fontes, mas tinha dificuldade de tratar disso com ele. Nunca, na vida toda, se vira obrigada a dedicar tempo a questões orçamentárias. Evitou até onde pôde conhecer a realidade desses fatos. Um dia, porém, por descuido de Cadu, ela viu um cheque assinado por Neusa, na mesa do escritório. Constrangida, ela chamou o genro.

— Sabe, Cadu, se eu tivesse passado por isso quando era mais jovem, talvez eu enlouquecesse.

— Dona Suely, eu não sei do que a senhora está falando.

— Sabe, sim, meu querido. Você é especial.

— O que é isso, dona Suely? — respondeu Cadu, meio sem graça.

— Este cheque da tua mãe... É muita bondade.

— Me desculpe, mas a senhora não está exagerando um pouco, dona Suely?

— Não, não. Posso estar sensível com a morte de Hans e a doença de Susana, mas esse gesto é especial.

— A senhora sabe, a minha mãe é assim mesmo.

— Ela tem um desprendimento, uma generosidade...

— Mas não deixa ela saber que a senhora descobriu.

Essa conversa incomodou Suely. Então, se deu conta de como fora insolente com a família de Cadu. Agora, queria reparar o malfeito, não como gratidão pela conveniente ajuda financeira que recebia, porque isso seria mesquinho, mas como uma admissão de que seu comportamento anterior tinha sido inadequado. Reconhecia que, mesmo depois que abandonara a vida de opulência, ainda assim, tratava Neusa com distanciamento preconceituoso: nunca a visitara em casa, e raros eram os telefonemas.

Depois que se engajou no programa de voluntariado, Suely aprendeu a dar valor aos gestos simples. Via neles sinceridade raramente encontrada nas manifestações ostensivas. Alegrava-se com o sorriso de um doente que retribuía a atenção que lhe fora dedicada.

Embalada por esse sentimento, ela telefonou para Neusa e avisou que ia visitá-la. Preparou um bolo de cenoura com iogurte, uma especialidade que aprendeu a fazer com uma paciente, e rumou para lá.

Neusa não sabia o que fazer. Ficou surpresa que o tal bolo de cenoura tivesse sido preparado pela própria Suely.

— Dona Suely, eu não sabia que a senhora fazia doce — comentou Neusa, provando um pedaço.

— Vamos deixar a "dona" e a "senhora" de lado. Já nos conhecemos há tempo suficiente para abandonar essas formalidades — respondeu Suely.

— A senhora me desculpe, mas eu não vou conseguir... Depois de tanto tempo...

— Neusa, vamos tentar, logo vai ficar natural.

— Dona Suely, a senhora, quero dizer, você tá precisando de alguma coisa?

— Não, eu só vim te visitar.

— Mas a senhora, você, nunca vem aqui. Eu nem sei o que dizer, a senh... você me desculpe.

— Neusa, quem tem que se desculpar sou eu. Mas vamos deixar isso de lado. Eu só quero ficar mais perto de vocês. Estamos todos envelhecendo, acho que a solidão não é boa companheira.

Neusa calou-se.

PATERNIDADE

As investigações traziam indícios da paternidade do garoto. O menino era criado por um casal idoso próximo a Lineu e Camila. Tinha agora 9 anos, o que combinava com o período em que ambos estiveram juntos em Estocolmo; uma pinta marcante do lado direito do rosto assemelhava-se à de Lineu.

Camila registrou o menino na Suécia, indicando o namorado brasileiro como pai. Por isso, não haveria impedimento legal para trazê-lo ao Brasil. As considerações para essa decisão eram, portanto, de natureza familiar.

Uma foto da criança, enviada pelo correio, diminuiu a hipótese de que Camila mentia. Lineu levou-a para Cadu.

— Bicho, eu não posso me fazer de bobo e ignorar o que tá acontecendo — disse, ainda com a foto da criança na mão.

— Também acho.

— Só isso? Por que essa indiferença?

— Pô, eu não sou o pai da criança!

— Tá certo. ... Me disseram que o garoto tá bem e gosta de lá.

— E isso é suficiente? Você não vai assumir?

— Pô, cara. Eu só tô comentando.

— Acho que você tem que dar um jeito e conhecer esse teu filho. Vai até lá.

— É, você tem razão, mas agora eu preciso contar essa história pra Tainá e pra minha mãe; e depois arranjar dinheiro pra viagem.

No escritório da mansão, com a mãe e Tainá, Lineu se preparava para contar a novidade. As cortinas puídas, os tapetes manchados e os móveis empoeirados sinalizavam a decadência. Mesmo assim, a sala conservava a imponência dos tempos da riqueza. Em silêncio, Lineu retirou do envelope a foto do filho e colocou-a sobre a mesa.

— Veja, Tainá, Lineu tinha 8 ou 9 anos quando tirou esta foto — animou-se a mãe, desconsiderando o tom grave do encontro.

— Não mudou muito, continua lindo — brincou Tainá.

— Esta criança não sou eu. Acabo de saber que é o meu filho sueco — disse o pai.

A notícia não assombrou Suely. Tainá se surpreendeu, sem se zangar.

— Quem vai criar esse pobre inocente? — perguntou a mãe dele.

— Eu posso cuidar dele — antecipou-se Tainá.

— Não sei, primeiro eu preciso conhecer o garoto — ponderou Lineu.

Desde que se separara de Camila, ele se empenhava em apagar as lembranças daquele romance turbulento, mas a existência desse filho trouxe de volta as aflições que sofrera.

∞

O encontro com o filho, na Suécia, foi frio. Lineu pouco fez para vencer as resistências naturais de um menino subitamente posto diante do pai que não conhecia e que o levaria para um lugar estranho.

A criança cedeu, mas sua contrariedade era notória. Nos cálculos de Lineu, isso tenderia a aumentar se o destino final fosse Porto Seguro. Por isso, chegando em São Paulo, pediu à mãe — que falava bem inglês — para cuidar dele por um tempo. Suely, apesar do trabalho que tinha com a filha enferma, concordou, achando que um neto em casa ia trazer um pouco de alegria.

A chegada do sobrinho também animou Susana. A tia encontrara uma maneira de conquistar o pequeno Lineu: ensinava músicas, que ele repetia sem saber o significado, e inventava histórias engraçadas. A afeição entre eles cresceu, dissipando um pouco o mau humor do garoto.

Apesar de Suely se desdobrar nos cuidados, era de Susana que ele gostava. É possível que visse nela a mãe com quem pouco convivera. Cadu, que acompanhava tudo de perto, enxergava essa relação como um presente para a mulher agonizante, mas antevia dificuldades para depois que ela partisse.

PROBLEMAS

Da vida de Lineu em Porto Seguro, pouco se ouvia. As cartas que Cadu enviava, nem sempre eram respondidas. Os chamados telefônicos só partiam de São Paulo. Num deles o amigo provocou:
— Lineu, você não quer saber do teu filho?
— Claro, mas eu sei que ele tá em boas mãos.
— Cuidado, ele já está lendo Adam Smith — atacou Cadu.
— Pelo amor de Deus, tira isso da mão dele — brincou.
— Eu já tentei dar Karl Marx, mas ele disse que dá sono.
— É que as coisas sérias são cansativas pra criança — devolveu Lineu.
— Não, eu estou preocupado com o apego dele a Susana. Você sabe... Ele vai se sentir como um órfão quando não tiver mais ela.
— É, eu sei, eu preciso me ligar mais nele, mas eu me envolvi com o sindicato dos pescadores. Tá me dando um trabalho danado.
— Esquece um pouco isso e vem cuidar da tua família.
— Tá bom, Cadu... Eu vou dar um jeito de chegar aí, logo.

Nas semanas que antecederam a morte de Susana, ela não saía mais da cama, mas tinha disposição para falar, e passava muito tempo com o garoto, que chamava de Lineuzinho. Conversavam em português entremeado de frases em inglês. Nesses diálogos, a criança revelava ansiedade com a doença da tia, temia, por instinto, a perda da ligação com o mundo. Os esforços de Susana para criar outros vínculos não prosperaram. Ele se recusava a falar com a avó. Do pai não queria saber, e com Cadu só jogava bola, sem trocar palavra.

Depois que Susana morreu, o sobrinho deixou de falar. Não saía do quarto, exceto para incursões na cozinha. Suely, sem saber como lidar com isso, recorreu ao genro.

— Cadu, acho melhor mandar esse menino pra uma outra escola que ensina em inglês, que ele entende, quem sabe lá ele consegue se entrosar.

— Não sei se o problema é a língua. Nem inglês ele quer falar!

— Eu sei, mas eu não tenho espírito, nem forças, para lidar com essa situação — confessou Suely.

O ambiente na mansão era de tristeza. Cadu e a sogra ainda sentiam a perda de Susana, e Lineu, que viera para os funerais da irmã, partiu acreditando que levar o filho seria desastroso, mas convenceu o menino a frequentar a escola americana, depois que Cadu concordou em pagar as mensalidades.

Ainda com uma ocupação na firma da mãe, ele tinha alguma renda, e muito trabalho, porque não podia mais contar com Neusa, que quase não ia ao serviço, abalada com os problemas conjugais e questões religiosas.

Desde que saíra do emprego no sindicato, o pai de Cadu vivia à sombra da esposa, agora, com a vida arrumada, arranjou outra mulher. Neusa tentou, inutilmente, resgatá-lo da aventura, magoando-se profundamente. Seu desengano não era tanto com o marido, estava desiludida com a santa de quem era devota: Nossa Senhora da Penha faltou-lhe na missão de manter o seu casamento tal como ela prometera a Deus.

A santa já havia falhado quando permitiu que o padre Eustáquio abandonasse a Igreja; ouvia-se até que ele ia se casar. Esses aborrecimentos, que para Neusa não eram poucos, levaram-na a um ponto sem retorno. Queria continuar servindo ao Senhor, mas por outros meios. Orientada por uma vizinha crente, aproximou-se de um templo evangélico tradicionalista, a que se dedicou integralmente, largando a firma nas mãos do filho.

As circunstâncias pareciam reservar a Cadu a incumbência de tomar conta de empresas quando os negócios perdiam ímpeto. Essas crises podiam ser oportunidades para um vibrante recomeço, mas isso exigia criatividade e liderança, atributos de que ele não dispunha naqueles momentos. Nas vezes em que isso foi necessário, encontrava-se, por motivos diferentes, sem energia e entusiasmo para enfrentar desafios. Na falta de uma visão inspiradora, o destino seria a ruína. Neste caso, estava à frente do negócio durante um tempo em que conseguiu manter os clientes, mas não promover o crescimento. Para não acumular outro fracasso, desfez-se do empreendimento enquanto ele ainda valia alguma coisa.

Sem nada o que fazer, Cadu procurou aliviar Suely dos cuidados com Lineuzinho. O neto tinha um temperamento difícil, agravado pela idade em que começava a contestar os adultos. Além disso, o garoto chegara em um período difícil para ela, que enfrentava uma viuvez recente e tinha acabado de perder a filha. Ainda sem se recompor das desventuras, teve de ceder ao pedido do filho para que cuidasse do neto. Desanimada com a sorte que a vida lhe reservara, a sogra se queixava:

— Não tem como negar que é filho de Camila.

Na escola, o menino colecionava advertências por mau comportamento. Suas notas eram sofríveis. Cadu, frequentemente, se via obrigado a ouvir reclamações sobre a indisciplina do sobrinho. Essa rotina prolongou-se por meses, até que uma agressão severa a um colega resultou na expulsão do garoto.

PORTO SEGURO

Apesar de ausente, mas informado por Cadu, Lineu acompanhava a distância os tropeços do menino, e era instado pelo amigo — muitas vezes por telefone — para que assumisse a educação do filho.

— Olha, Lineu, a tua mãe não pode ficar com o Lineuzinho. Isso tá além das forças dela.

— Eu sei, eu só quis dar um tempo pra que ele se adaptasse. Você sabe que ele é um moleque complicado.

— Mais uma razão pra levar ele pra perto de você.

— É, eu sei, mas eu preciso, antes, acertar as coisas com a Tainá. Ela anda muito atrapalhada com Iara, que dá um bocado de trabalho.

— Ah, Lineu, você tá fugindo do problema.

— Tá bom, vai, traz ele pra cá. Aí, você aproveita e passa uns tempos com a gente.

Encorajado também por Suely, Cadu viajou com o sobrinho. A sogra preferia ficar sozinha para decidir que rumo daria à vida. Não descartava, porém, a ideia de ir também para perto do filho.

Sentindo enfraquecer os vínculos com a cidade natal, Cadu viajou com a intenção de permanecer algum tempo em Porto Seguro. Lá teria com quem conversar e espantar o tédio. Corria o ano de 1990. A redemocratização engatinhara com arranjos que acabaram levando ao poder um homem da ditadura, e, agora, tentava se manter em pé com a eleição de um aventureiro populista. Sem nada a comemorar, Cadu via um futuro melancólico a dar pretexto aos mesmos debates da juventude. Desalentado, revisitava com Lineu as velhas questões, que ainda se mantinham vivas. E as conversas iam pelos caminhos análogos de outrora:

— Sabe, cara, eu achava que este país ia dar certo...

— Não podia, com governos fascistas — esbravejou Lineu.

— ... Inflação e roubalheira é o que sobrou da ditadura — lamentou Cadu.

— Por isso, eu lutei pela democracia.

— Lineu, você lutou pra trocar de ditadura — irritou-se o cunhado.

— A "minha" ditadura, pelo menos, ia acabar com a miséria. A gente ia ter mais justiça social.

— Deixa de bobagem! É a riqueza que acaba com a miséria.

— Eu desisto. Você é um conservador alienado. Sem mudar o sistema, a grana fica com a burguesia.

— E você, o que é? Um sonhador que vive no mundo da lua.

∞

Embora a pousada fosse um empreendimento modesto, Lineu adquirira proeminência por suas obras de assistência social. Naquele momento, estava às voltas com a missão de envolver menores carentes da cidade em atividades esportivas, e explorava ideias para o projeto.

— Por que você não pensa num campeonato de futebol? — sugeriu o cunhado.

— Você topa? Dá pra fazer um time com a molecada daqui.

Os pais, a sogra, a mansão em São Paulo... ainda eram pendências de Cadu; por isso, não podia comprometer-se. Ficaria mais alguns dias por lá e, depois, retornaria.

Antes de encerrar a temporada, porém, ele encontrou um empresário com interesses na Bahia. Das conversas resultou um amplo entendimento que envolvera a venda da casa dos Freutag na capital paulista e que possibilitou a compra em sociedade de um pequeno negócio turístico em Porto Seguro, de que Cadu passou a cuidar. A transação assegurou a liquidação das dívidas do clã e permitiu que Suely se juntasse à família do filho, como conjecturava. Um trabalho voluntário num hospital da região seria bem-vindo para ela.

A trajetória de Neusa e Gisberto era acompanhada por Cadu, e ele estava certo de que ambos tinham voltado às boas graças do destino: a mãe reencontrara entre os evangélicos o caminho para expressar sua devoção religiosa; e o pai voltara ao sindicato, ao qual se dedicava integralmente, depois de ter sido deixado por sua nova companheira.

Cadu tentava recompor a vida, mas persistia o vazio deixado por Susana. Uma perda da qual ele não se refizera. Talvez nunca o fizesse. Resignado, acreditava que um pedaço dele tinha ido com ela.

Assim, tempos depois, ele retomou com Lineu o projeto do campeonato de futebol, que prosperou com a adesão de equipes de outras cidades. Pouco a pouco, a competição foi adquirindo importância no calendário esportivo, mas a equipe comandada pelos dois amigos não era forte o suficiente para disputar as primeiras colocações. Lineu não se conformava e exigia de Cadu, responsável pelos treinos, que cobrasse mais empenho da garotada, como fizera quando os dois eram jovens.

— Cadu, põe fogo nesse grupo. Assim não dá. Tem que provocar essa molecada. Eles têm que ficar com raiva...

— Ah, não, Lineu... — murmurou o cunhado.

— Que foi, cara?

— Faz uns 30 anos que eu ouvi essa ladainha, e nós sabemos onde isso foi parar. A mesma história outra vez não, né?

— É, pensando bem, acho que não — e Lineu concluiu com desalento, depois de uma pausa — Tá bom. Deixa essa criançada se divertir.

Lineu não era mais o radical de outros tempos, mas não desistira da militância. A relativa abertura democrática permitiu à imprensa tratar a política com menos acanhamento. Nessa onda, o jornal local ofereceu a ele um espaço de opinião. Seu gosto seria contar as experiências na guerrilha; a luta pelo fim da ditadura militar, mas limitou-se ao que era tolerável na época. Ainda que fosse cuidadoso, porém, não abdicara de opinar. Assim, em seus artigos, tratava do florescimento do novo partido de esquerda de autêntica origem sindical, e considerava-o como algo verdadeiramente promissor na política. Achava que seria a "redenção da classe operária", e enaltecia seu "viés moralizador", mesmo suspeitando que em Porto Seguro essas questões podiam não ter relevância.

∞

A vida pacata e simples acabou por apaziguar a índole inquieta de Lineuzinho, que tomou gosto pelo futebol e participava de quase todos os jogos. Tainá e Iara o acompanhavam.

Mas um traço familiar crescia em seu caráter. Muitas vezes chocado com a vida miserável dos companheiros de equipe, uma vez perguntou:

— Pai, por que eles são assim... tão pobres?

— Por causa da ganância dos ricos — respondeu o pai imediatamente.

— Mas isso não é justo!

A avó, que por acaso ouviu a conversa, meneou a cabeça e pensou: "Ah, não. Outro Lineu, não...".

Cadu apenas sorriu.

Este livro foi composto em Baskerville e impresso pela Gráfica Forma Certa em papel Pólen Soft 80g/m² da Cia. Suzano de Papel e Celulose.